PERSONNE N'EST PARFAIT, SAUF MOI BIEN SÛR!

TU PENSES POUVOIR SUPPORTER LE JOURNAL DE TOUTE UNE ANNÉE DE JASMINE KELLY?

ET LA SUITE, UNE NOUVELLE ANNÉE...

À VENIR

Les chroniques de Jim Benton, directement de l'école secondaire Malpartie

mon JOURnAL FULL nUL

UNE
NOUVELLE
AnnÉE

PERSONNE N'EST PARFAIT, SAUF MOI BIEN SÛR!

JASmiNE KELLY

Texte français de Marie-Josée Brière

Éditions

SCHOLASTIC

Catalogage avant publication de Bibliothèque et Archives Canada

Benton, Jim

[Nobody's perfect. I'm as close as it gets. Français]

Personne n'est parfait, sauf moi bien sûr! / auteur et illustrateur,
Jim Benton ; traductrice, Marie-Josée Brière.

(Mon journal full nul. Une nouvelle année)
Traduction de: Nobody's perfect. I'm as close as it gets.
ISBN 978-1-4431-2937-4 (broché)

I. Brière, Marie-Josée, traducteur II. Titre. III. Titre: Nobody's
perfect. I'm as close as it gets. Français VI. Collection: Benton,
Jim. Mon journal full nul. Une nouvelle année

PZ23.B458Per 2013   j813'.54   C2013-903649-0

Édition publiée par les Éditions Scholastic, 604, rue King Ouest, Toronto
(Ontario) M5V 1E1.

5 4 3 2 1   Imprimé au Canada 121   13 14 15 16 17

Pour Griffin, Summer et Mary K.

Merci à Shannon Penney, Jackie Hornberger, Yaffa Jaskoll, Anna Bloom et Kristen LeClerc, des personnes qui n'hésiteraient sûrement pas à te dire à quel point elles sont parfaites.

Alors,

arrête de lire mon journal, **sinon**

tu n'auras pas d'avenir

DU TOUT...

MERCi

CE JOURNAL APPARTIENT À

Jasmine Kelly

ÉCOLE : ÉCOLE SECONDAIRE MALPARTIE

ACTIVITÉS PARASCOLAIRES : Heu...

PROJETS D'AVENIR : Je ne sais pas trop... Heu...

PLAN D'ÉTUDES COLLÉGIALES : AUCUNE IDÉE!

Si on parlait
d'autre chose?

À toi qui es en train de lire mon journal full nul,

Tu lis le journal de quelqu'un d'autre????????? C'est **exactement** le genre de chose qui pourrait se retrouver dans ton **dossier permanent**, tu sais.

Ton dossier permanent, au cas où tu ne serais pas au courant, ça te suit toute ta vie comme un vieux panier percé qui attend seulement une chance de raconter aux profs du collégial, aux policiers et aux fiancés les pires horreurs que tu as commises dans ta vie.

Tu penses peut-être que ce n'est pas important **maintenant**, mais ma cousine a une amie dont la petite sœur connaissait une fille qui avait eu un emploi super excitant : elle maquillait des top-modèles. Le premier jour d'un défilé de mode hyper important, à Paris ou à Chibougamau ou quelque chose du genre, ils ont regardé dans son dossier permanent et ils ont trouvé quelque chose de tellement terrible qu'elle n'est plus autorisée à maquiller des mannequins. Alors, tu sais ce qu'elle fait, maintenant? Elle maquille des clowns. Et pas **n'importe quels** clowns!

Elle a seulement le droit de se charger des très vieux clowns, genre ceux dont il faut déplier la peau pour bien appliquer le maquillage dans toutes les rides et tous les plis de leur visage.

Peut-être que tu te fous de ton avenir pour le moment. Peut-être que ça ne te dérange pas de devenir une adulte imparfaite. Peut-être que tu veux t'occuper des vieux clowns ridés. Pendant tout le reste de ta vie...
Dans ce cas-là, fais comme tu veux!

Signé *Jasmine Kelly*

P.-S. : OK. Attends un peu... Arrête!
Le **dossier permanent**, c'est très sérieux!
Tu ne peux pas le changer. Et tout ce qui est écrit dedans, ma chère, y est écrit **POUR DE BON**.
Et « lire le journal des autres », c'est un crime très grave.

DIMANCHE 1er

Cher journal full nul,

Tu sais le bruit que fait une noix de coco qui rebondit sur le flanc caoutchouteux d'un cochon de concours?

Non, attends!

Je vais trop vite, là.

Laisse-moi te raconter mon vendredi.

Supposons que tu as une meilleure amie et qu'elle s'appelle, je ne sais pas, disons... Chnisabelle. Et que Chnisabelle suit des cours de banjo. C'est ce qu'elle t'a dit, et elle te l'a prouvé en te montrant son étui à banjo. Elle t'a même fait jouer de la musique de banjo qu'elle avait sur son iPod, en disant qu'elle était « totalement accro du banjo ». Sauf que Chnisabelle n'a rien, mais absolument RIEN, à voir avec le banjo. Mais ça, tu ne le sais pas encore.

Supposons aussi que, pendant l'heure du dîner un jour de la semaine d'avant, ton amie t'a parlé de la fois où elle avait ramené un kangourou du zoo à la maison.

Ça, **tu** sais très bien que c'est vrai parce que c'est dans ton garage qu'elle avait caché le kangourou. Jusqu'au jour où elle a grimpé dans la poche du kangourou, alors tu as été bien obligée de tout raconter à tes parents pour qu'ils fassent le 911 et demandent aux ambulanciers de venir sortir une fille d'un kangourou.

Mais il y avait une autre fille assise à votre table. C'était Yolanda, qui est une fille délicate — tu sais, le genre de fille qui mange son maïs soufflé un grain à la fois et qui porte des fringues avec des boutons tellement minuscules que les gens qui ont des mains d'humains normales sont incapables de les boutonner ni de les déboutonner. Et Yolanda a fait un petit « **pfft** » délicat pour montrer qu'elle pensait que ton amie racontait n'importe quoi.

Chnisabelle n'a pas réagi à ce « **pfft** », alors tu t'es dit qu'elle s'en fichait ou qu'elle n'avait pas entendu.

Eh bien, devine : **tu te trompais**. Elle avait entendu.

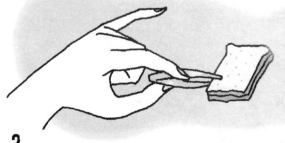

Les gens délicats mangent aussi des petits sandwiches avec des pinces à épiler.

2

Donc, ce vendredi-là, tu pensais peut-être que ta prof de sciences, Mme Curie, était malade. Parce que ça arrive que des profs soient malades. S'ils s'empoisonnent avec l'encre rouge dont ils se servent pour noter les travaux, par exemple, ou s'ils finissent par suffoquer sous l'énorme tas d'ennui qui se dégage de la matière qu'ils enseignent.

Tu ne te doutais sûrement pas que Chnisabelle pouvait **s'être organisée** pour que la prof s'absente ce matin-là, disons en téléphonant chez elle pour l'avertir qu'il y avait un gros colis qui l'attendait au bureau de poste de la ville voisine, où il avait été livré par erreur. Il n'y avait rien d'inhabituel dans tout ça, jusqu'à ce que...

... tu voies clair tout d'un coup, quand la remplaçante s'est penchée pour ramasser des papiers qui s'étaient envolés de son pupitre parce que **quelqu'un** les avait empilés près du bord et avait laissé la fenêtre ouverte.

Alors Chnisabelle s'est étiré le bras, elle a placé **la raquette de tennis** qu'elle gardait dans son étui à banjo dans la main délicate de Yolande, et elle a envoyé une balle de tennis à 150 kilomètres à l'heure vers le derrière imposant de la remplaçante, ce qui a fait un bruit comme celui d'une noix de coco qui rebondit sur le flanc caoutchouteux d'un cochon de concours. (Je t'en ai déjà parlé, tu te rappelles?)

Yolanda a parfaitement compris qu'elle avait l'air coupable. Et grâce à sa délicatesse, elle a pu glisser en vitesse un objet comme une raquette de tennis dans la main de quelqu'un d'autre, **surtout** quand ce quelqu'un est à moitié endormi et que c'est moi.

Une remplaçante et une vraie prof de sciences, ça se ressemble sur bien des points : si elles se penchent, leurs derrières font le même bruit qu'un cochon de concours quand un objet rebondit dessus. Et elles sont toutes les deux très bonnes pour analyser une situation du point de vue scientifique, par exemple pour déterminer que la personne qui tient la raquette de tennis a probablement quelque chose à voir avec l'onguent apaisant que la remplaçante va devoir appliquer sur son derrière à l'heure du dîner.

Et maintenant, surprise, surprise! Cette « Chnisabelle » dont je viens de te parler, c'est Isabelle, en fait. Et tout ça est arrivé **pour de vrai**. Isabelle a essayé de faire punir Yolanda parce qu'elle avait « pffté » son histoire de kangourou, et moi, belle innocente qui se trouvait là par pur hasard, je me suis fait prendre dans ce scandale.

La remplaçante m'a envoyée au bureau pour que je parle au directeur adjoint, mais il n'était pas là, alors je dois aller lui parler en arrivant à l'école demain matin. Tu vas voir que je vais la DÉNOOOOOONCER, moi, cette Isabelle!!!!

Rage   Furie   Colère

Ça suffit, Isabelle!

Je vais tout lui dire!!!

LUNDI 2

Cher nul,

Je n'ai pas dénoncé Isabelle.

Je suis allée rencontrer le directeur adjoint, qui se trouve être mon oncle, maintenant, parce qu'il est marié à ma tante Carole. Il est aussi l'oncle d'Angéline, par suite d'une terrible malchance tragique qui fait qu'Angéline est parente avec lui.

Il m'a dit qu'il avait lu le rapport de la remplaçante au sujet de l'incident de la balle de tennis et qu'il s'était demandé ce qui aurait bien pu me faire choisir une balle de tennis comme projectile. Il se rappelait que ma tante Carole avait essayé de m'apprendre à jouer au tennis pendant l'été. En une heure, il m'avait vu frapper la balle trois fois seulement, et les trois fois, c'était avec mon cou.

Mais il savait que Yolanda, qui est assise à côté de moi pendant le cours de sciences, jouait au tennis comme une pro et qu'une balle de tennis, c'était une arme parfaite pour **elle**.

CLOC

Championne mondiale de tennis de cou féminin

Mais comme Yolanda est une fille délicate, elle n'est pas du genre à faire des mauvais coups comme ça. Alors, mon oncle Dan s'est dit qu'Isabelle avait probablement quelque chose à voir dans tout ça parce qu'il avait vérifié et qu'elle était dans les parages quand ça s'est produit.

Je lui ai demandé comment il savait que Yolanda jouait bien au tennis, alors il m'a brandi un dossier sous le nez.

— C'est dans son **dossier permanent**. En plus de vos notes et de vos comportements, on y écrit toutes vos activités parascolaires.

Puis il a ouvert mon dossier pour me montrer toutes mes activités parascolaires. Et on s'est rendu compte qu'il n'y en avait **aucune**.

Il m'a fait remarquer que je ne m'étais jamais inscrite à un club de l'école et que je n'avais jamais joué dans une équipe sportive, ni rien du genre.

Je lui ai expliqué que ça ne me dérangeait pas parce que ces trucs-là, c'est pour les minables. Je n'avais jamais été une minable et je n'avais pas l'intention de le devenir non plus. Pour moi, la **minabilité** n'est tout simplement pas une option d'avenir.

Mais mon oncle m'a fait remarquer que les collèges tenaient compte de ce genre de choses et qu'il était temps que j'y pense un peu. Il a souligné qu'un jour, j'allais devoir devenir adulte et travailler pour gagner ma vie, ce qui — on s'entend! — est une punition vraiment trop **horrible** pour le simple crime de devenir adulte.

D'AUTRES PUNITIONS POUR ÊTRE DEVENU ADULTE

Drôles de poils un peu partout

Drôles de formes corporelles

En fait, c'est peut-être surtout une punition pour tes pantalons...

— Jasmine, je veux que tu essaies différentes activités parascolaires. Il y en aura sûrement qui te plairont. Tu pourrais peut-être même te faire de nouveaux amis qui ne font pas de bêtises à tout bout de champ.

— Tu veux dire comme Angéline, par exemple?

(J'ai fait semblant de ne pas savoir de qui il voulait parler...)

— Je ne punirai pas Isabelle ni Yolanda, a répondu mon oncle en souriant. Je n'ai aucune preuve contre elles. Et je ne te punirai pas non plus parce que je sais que tu es nulle au tennis et que tu es incapable de viser juste, même si la cible est aussi large que le derr...

Il s'est interrompu une seconde pour réfléchir.

— ... que la **zone de victimisation** de cette remplaçante.

Je lui ai fait mon plus grand sourire d'innocente, assez pour moi et Isabelle combinées.

Le « **OUI** » de l'innocence

La petite bouche des parfaits

Les yeux de la vertu

Les mains jointes des irréprochables

9

Et pour finir, probablement parce qu'il y a une règle qui veut qu'aucune rencontre avec un directeur adjoint ne se termine parfaitement bien, il a ajouté :

— On s'en reparlera dans quelques semaines. Je veux que tu essaies une activité parascolaire, et je veux savoir quels sont tes projets pour l'avenir. Tu as un bon dossier, mais il n'y a pas de raison qu'il ne soit pas parfait.

Alors, maintenant, je vais devoir réfléchir à mon avenir. **Mon avenir!!!** J'aimais mieux mon passé. Je n'avais pas d'avenir à cette époque-là.

MARDI 3

Allô, toi!

Avant le cours de sciences, aujourd'hui, Mme Curie m'a dit que le directeur adjoint, M. Devos, lui avait raconté que je n'avais rien à voir avec l'Attentat à la Balle de Tennis sur le Derrière, mais en la voyant s'efforcer de garder le dos au mur pendant tout le cours, j'ai bien compris qu'elle n'était pas convaincue.

Entre deux demi-tours rapides, Mme Curie nous a annoncé qu'on allait faire une **sortie** d'ici la fin du mois. On va aller au musée des sciences.

C'est génial, les sorties de classe. J'adore ça! J'ai déjà été malade deux fois pendant des sorties, mais c'est absolument impossible de détecter du vomi dans nos autobus. Les jeunes font tellement de bruit et les autobus sentent déjà tellement mauvais que tu pourrais vomir une chaussure de basket frite et personne ne s'en rendrait compte.

C'est **plutôt cool** de savoir qu'on peut vomir n'importe quand. C'est un privilège qu'on n'a pas souvent dans la vraie vie.

DÉGOÛTANTERIE PURE!!!

AUTOBUS SCOLAIRE

Après l'école, j'ai demandé à Isabelle ce qu'elle faisait comme activités parascolaires, puisqu'on est censés en faire pour pouvoir entrer au collège.

Isabelle était étonnée que je songe à aller au collège.

— Mais t'es **nouille**, Jasmine! a répondu Isabelle. Pas nouille comme dans J'ai-mangé-accidentellement-l'emballage-de-mon-taco. Plutôt comme dans Y-a-des-choses-que-je-sais-pas-et-que-je-devrais-vraiment-savoir.

— Tu veux dire quoi, exactement?

— C'est difficile à expliquer. Peut-être que si t'étais plus brillante, ça serait plus facile. Disons les choses comme ça : Angéline est la belle fille, qui est aussi gentille et brillante. Moi, je suis la fille brillante, qui est aussi belle et gentille. Et toi, tu es la nouille qui a de belles amies.

Angéline s'était approchée et avait entendu les conclusions d'Isabelle. Elle s'est mise à rire.

— Je pense que tu te trompes légèrement. Tu n'es pas **si gentille** que ça, Isabelle!

On dirait bien qu'il y a DIFFÉRENTES sortes de NOUILLES.

Nouille qui a peur des nuages

Nouille qui se ronge les ongles d'orteils

Nouille qui parle aux bonbons

Blonde

— HÉ! UNE SECONDE!

J'étais fâchée, mais complètement fâchée. Je leur ai fait remarquer que mes notes étaient plutôt bonnes (meilleures que celles d'Isabelle, en tout cas) et que je connaissais pas mal de grands mots, même si j'étais tellement fâchée que j'en perdais mes mots et que j'étais incapable de m'en rappeler un seul. Mais je n'y pouvais rien. J'étais fu-ri-eu-se!

— Depuis combien de temps tu penses que je suis la plus nouille des trois?

Isabelle a haussé les épaules et a répondu

— Depuis toujours.

Angéline a proposé qu'on parle d'autre chose, des koalas par exemple, mais je savais très bien qu'elle voulait juste changer de sujet. Ça m'a paru évident quand je me suis rendu compte tout d'un coup que je parlais des koalas depuis dix minutes.

Attendez un peu qu'elles le voient, mon avenir! Il va être **parfait**!

LES EXPERTS S'ENTENDENT : Un koala, ça vous distrait de N'IMPORTE QUOI.

C'est pour ça qu'il ne faut JAMAIS « koaler » au volant. Soyez prudent!

MERCREDI 4

Cher journal,

Aujourd'hui, après l'école, j'ai fait un pas de géant pour bâtir mon avenir. Je me suis inscrite à ma première activité parascolaire : le **Club d'échecs**.

C'est très intéressant, les échecs et, comme bien des jeux intéressants, c'est ennuyeux comme la pluie. Ça ressemble à quatre chevaux perdus dans un tas de salières et de poivrières, et l'objectif, c'est de rester éveillé plus longtemps que son adversaire.

Les membres du Club d'échecs affirment que c'est passionnant, mais si c'était vraiment aussi super, on peut se demander pourquoi des gens auraient travaillé aussi fort aussi longtemps pour inventer des trucs plus divertissants, comme regarder la télé et **ne pas jouer aux échecs**.

QUELQUES PETITES CHOSES PLUS AMUSANTES QUE LES ÉCHECS

Regarder des fruits pourrir

N'importe quoi d'autre au monde

Rester assise tranquillement

Alors, j'ai fait un autre pas de géante pour bâtir mon avenir (un avenir sans échecs, bien sûr) : j'ai décidé de ne plus **jamais assister** à une autre rencontre du Club d'échecs.

Pas de panique! Je découvrirai sûrement l'activité parascolaire qui me convient. De toute manière, j'aimerais consacrer un peu plus de temps aux sciences. Quand on ira au musée, je vais montrer à tout le monde que je **ne** suis **pas** complètement nouille.

Voici quelques-unes des choses parfaitement scientifiques que je vais faire :

Reconnaître le musée parmi les immeubles voisins, comme la station-service et le restaurant de tacos.

Posture → scientifique

Regarder attentivement les expositions et rester à peu près éveillée pendant toute la visite.

Ne pas faire l'erreur d'essayer de me commander un taco au musée comme la dernière fois.

JEUDI 5

Cher toi,

Aujourd'hui, c'était le jour du pain de viande. Je ne sais plus si je te l'ai dit, mais tous les jeudis, c'est le jour du pain de viande à l'école.

Je sais, je sais... Ça ne peut pas être si dégueu que ça, hein? Je veux dire... C'est fait avec de la viande, et beaucoup de nos choses préférées sont faites avec de la viande : les steaks, le salami, mes jambes...

En plus, cette viande, elle est façonnée en pain, et j'adore les objets en forme de pain. J'adore le vrai pain. Et j'adore ma grand-mère.

Mais il y a quelque chose dans la recette de pain de viande de l'école, qui le rend totalement immangeable. C'est peut-être la sorte de bœuf, ou les sorts jetés par des démons, ou alors l'assaisonnement, je ne sais pas.

C'est probablement les démons ou l'assaisonnement.

Juste parce qu'une chose est en forme de pain de viande, ça ne veut pas dire que c'est affreux...

Comme ma grand-mère

OU de l'argent cuit en forme de pain de viande

Angéline mange le pain de viande de l'école tous les jeudis et elle ne se plaint **jamais**. Cela prouve, à mon avis, que même les gens gratifiés par la nature d'une beauté époustouflante peuvent avoir des papilles gustatives dignes des rats qui vivent au dépotoir et qui mangent des couches.

On peut supposer que ces papilles gustatives vont grossir et se développer indéfiniment jusqu'à prendre le contrôle de ces gens-là et à les transformer en rats-mangeurs-de-couches-au-dépotoir. Oh, attends une minute! J'ai dit « **supposer** »? Je voulais dire « **espérer** », on s'entend!

— Vous êtes-vous déjà demandé pourquoi on mangeait ÇA? ai-je demandé à la ronde, en agitant une bouchée au bout de ma fourchette en plastique.

— Ben, si t'es si brillante, a répondu Isabelle avec un grand sourire, pourquoi tu ne nous le dis pas?

Ce qui a fait rire quelques-uns des élèves assis à notre table.

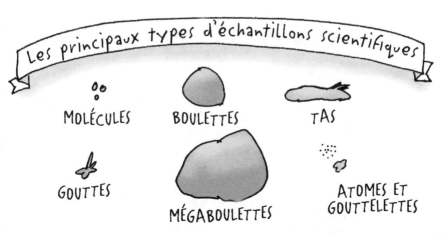

Les principaux types d'échantillons scientifiques

MOLÉCULES   BOULETTES   TAS

GOUTTES   MÉGABOULETTES   ATOMES ET GOUTTELETTES

— Peut-être bien que je vais vous le dire...

J'ai déposé ma bouchée dans une serviette avant de la fourrer dans mon sac à dos, parce que c'est ça qu'on fait, nous les scientifiques : on prélève des échantillons.

Angéline s'est penchée assez près pour que je puisse sentir les neuf parfums différents qu'elle portait.

— Jasmine. Sérieusement. Ne t'en fais pas avec ça. Tu n'es pas une nouille.

Je l'ai repoussée. Et puis, je l'ai ramenée vers moi pour renifler ses parfums encore une fois — j'avoue qu'elle sent vraiment bon — et je l'ai repoussée encore une fois.

— Angéline. La première règle, en sciences, c'est que Les Gens Brillants Doivent Découvrir Des Trucs.

Bon, d'accord, quand j'ai dit ça, j'avais l'impression que c'était le genre de phrase qu'une personne brillante pourrait dire, mais maintenant que je la vois écrite, je n'en suis plus aussi sûre. J'aurais dû dire **ON N'ARRÊTE PAS L'INTELLIGENCE** ou **JE VAIS « T'INTELLIGENCIFIER » LE CERVEAU** ou quelque chose comme ça. En tout cas...

D'AUTRES PHRASES QUE DES GENS BRILLANTS DIRAIENT

VENDREDI 6

Bonjour, journal!

En sciences, on parle des animaux en ce moment. C'est cool parce qu'il y en a beaucoup que j'aime **flatter** et beaucoup aussi que j'aime **manger**. Il y en a même quelques-uns qui se classent dans les deux catégories, ce qui doit probablement les rendre vraiment nerveux parce qu'ils ne savent jamais à quoi je pense quand ils me voient arriver.

On apprend comment les animaux s'adaptent à leur environnement. Par exemple, quand les lointains cousins des éléphants ont déménagé dans un environnement plus froid, ils se sont fait pousser une épaisse fourrure. Quand mes cousins à moi ont déménagé dans un environnement plus froid, ils ont acheté des chandails et se sont mis à se plaindre.

Je me suis dit qu'aujourd'hui était un bon jour pour entreprendre mon analyse du pain de viande.

— Madame Curie, ai-je demandé scientifiquement, y a-t-il une raison pour laquelle un animal peut faire exprès d'avoir tellement mauvais goût que personne ne voudra en manger?

Mme Curie a eu l'air un peu étonnée, comme tous les profs quand ils se rendent compte que **tu réfléchis**!

— Oui, Jasmine. En fait, il y a beaucoup d'animaux qui ont mauvais goût, et c'est peut-être pour éviter que les prédateurs les mangent.

— Mais si ça ne marche pas?

J'aurais bien aimé porter des lunettes pour pouvoir les enlever à ce moment-là et me taper doucement le menton avec une des branches.

— Il y a des choses qui ont mauvais goût, et les gens en mangent quand même, ai-je ajouté.

Wow! Regarde comme j'aurais l'air brillante

si j'avais des lunettes et que je faisais ça!

Mme Curie a parcouru la salle des yeux. Elle voulait peut-être vérifier qu'il n'y avait pas de balles de tennis en vue? En tout cas, elle s'est tournée vers le tableau et elle a écrit : **Pourquoi des gens mangeraient-ils un animal qui a mauvais goût?**

— Jasmine a posé une question intéressante, qui se rattache justement à ce qu'on étudie en ce moment, a-t-elle ajouté.

Les élèves ont commencé à lancer des réponses, et elle les a inscrites au tableau.

1) Famine

2) Pas d'autre choix

3) C'est bon pour la santé

4) Ils détestent cet animal
(Une idée d'Isabelle)

5) Vengeance contre la famille de l'animal
(Ça aussi, c'est Isabelle)

— Ce n'est rien de tout ça. Aucune de ces réponses ne s'applique ici. Je veux parler du pain de viande de l'école, et aucune de ces raisons n'est valable. On n'est pas affamés, on a d'autres choix, ce n'est pas si bon que ça pour la santé et, à part Isabelle, **personne** ne déteste les vaches.

— C'est cette manie qu'elles ont de ruminer tout le temps, a coupé Isabelle. Tu as déjà goûté à ce qui leur remonte dans la bouche? Ça n'est pas super. En plus, si tu leur en prends, elles s'énervent.

Mme Curie s'est figée un instant, le temps d'enregistrer le commentaire d'Isabelle. Puis elle a secoué la tête, avant d'ajouter avec un grand sourire plein d'espoir :

— Eh bien, c'est peut-être parce que le pain de viande est absolument délicieux, non?

On a tous secoué la tête pour faire signe que **NON**.

Je n'ai pas encore trouvé la réponse à ma question, alors je vais devoir faire encore des sciences. Mais tu vois? **JE T'ASSURE, JE NE SUIS PAS UNE NOUILLE.**

Tais-toi, la vache. Quand j'aurai fini de ruminer ton herbe, je te la rendrai.

Après les cours, cet après-midi, j'ai essayé une autre activité parascolaire. C'est fou, la quantité d'activités qui sont offertes à l'école.

Je n'ai pas parlé à Isabelle de ma conversation avec mon oncle Dan, le directeur adjoint, mais il y a des chances qu'elle soit déjà au courant. Isabelle aime bien m'espionner. D'ailleurs, elle est peut-être en train de me surveiller en ce **MOMENT MÊME**.

Je me suis retournée brusquement pour regarder derrière moi et j'ai crié « **MOMENT MÊME** » tout en l'écrivant.

Elle n'était pas là, mais Sac-à-puces y était. Il a sursauté légèrement et il m'a mordu la cheville. Il m'a arraché un pansement et il s'est étouffé en le mangeant.

Je ne devrais peut-être pas le laisser faire ça. Mais bof... On dirait que ça lui fait plaisir de croire qu'il m'a blessée en m'arrachant un bout de peau, et ça ne me dérange pas qu'il s'étouffe un peu. Comme ça, **on gagne sur tous les fronts**. C'est probablement pour ça qu'on s'aime tant, nous deux.

Très content

Il ne faut pas que j'oublie de sortir Sac-à-puces du placard avant de me coucher. (Il est presque impossible à attraper, mais je lui ai joué un tour : j'ai lancé dans le placard la bouchée de pain de viande que j'avais gardée dans mon sac à dos, et il s'est précipité dessus. Ça sent suffisamment la nourriture pour berner un vieux beagle grassouillet.)

Mais pour en revenir à mon aventure parascolaire d'aujourd'hui...

Je m'étais dit que, pour avoir un avenir parfait, il faudrait peut-être que je sois un peu mieux organisée, alors je suis allée à une activité, après l'école, qui s'appelait « ORGANISONS-NOUS UN PEU, LES AMIS ».

Bave d'excitation

Boulette de viande

Il n'y avait personne à part la prof chargée de superviser l'activité. Elle m'a dit qu'en fait, il y avait plein d'élèves inscrits, mais qu'ils oubliaient tout le temps de venir, surtout parce qu'ils n'étaient pas assez organisés pour noter quand ils étaient censés être là.

Je me suis dit que ma seule présence à la rencontre faisait déjà de moi une des vedettes du club, alors je n'avais pas besoin de m'organiser tant que ça. J'ai donc décidé sur-le-champ **de ne plus jamais y retourner.**

COMMENT SAVOIR SI TU ES DÉJÀ TROP ORGANISÉ :

1. Tu manges toujours les aliments dans ton assiette selon leur couleur.

2. Tu mets tes chaussettes sur des cintres.

4. Tu brosses tes cheveux un à la fois.

3. Tu vérifies toujours que tes listes sont dans l'ordre alphabétique.

SAMEDI 7

Cher nul,

Ce matin, Angéline et sa mère sont passées devant chez moi en auto juste au moment où j'étais sur la pelouse en train de lancer des cailloux dans un buisson.

Écoute, je sais, j'ai l'air de perdre mon temps, mais c'est une de ces choses qu'on fait **sans trop savoir pourquoi.** J'aime bien aussi m'asseoir sur le gazon, de temps en temps, et en arracher des poignées simplement pour entendre le joli bruit que ça fait.

L'auto s'est arrêtée, et Angéline en est sortie. Elle portait son uniforme de soccer parce qu'elle s'en allait à son entraînement, et elle m'a demandé si je voulais venir aussi. Elle a dit que l'entraîneur me laisserait peut-être même jouer un peu pour voir si j'aimais ça.

Écoute, Angéline.
Je suis plutôt occupée
en ce moment...

Je cherche des activités parascolaires, c'est vrai. Et le soccer **est** censé être vraiment cool, et **c'est** un excellent exercice, et il y a **tout plein** de gens qui y jouent...

Je lui ai dit d'oublier ça.

Mais ma mère — en bonne mère qu'elle est — était dans l'entrée et elle a tout entendu. Alors, en tant que bonne mère, elle m'a dit que je devrais y aller. La seule chose que ma mère aime plus que de **préparer les repas** et de **faire les lits**, c'est de **me faire faire des choses**.

En tout cas, j'ai mis un short et j'y suis allée.

Ma mère adore aussi...

LES PAILLASSONS INUTILES

La prochaine fois, apportez des biscuits

Jasmine

LES PHOTOS EMBARRASSANTES

Les merveilleux produits de beauté que tu n'as pas le droit de toucher et dont elle ne se sert jamais

Je ne comprends pas très bien pourquoi Angéline fait des activités para. Elle est tellement belle qu'elle va probablement épouser un milliardaire un de ces jours, à moins qu'elle obtienne un de ces emplois géniaux pour lesquels ça n'a aucune importance si tu te trompes tout le temps, dans la mesure où tu te trompes en beauté.

Oui, oui, c'est **vous** que je regarde, Miss Météo!

Lundi
Pluie

Mardi
Soleil

Mercredi
Neige

Vendredi
Grêle

Dimanche
Comètes

Jeudi
Bananes

Mercredi
Fantômes

J'ai découvert que le soccer, ça se résume à peu près à courir après un ballon dans un grand champ. Je ne suis pas trop sûre de ce que je pense de l'idée de pratiquer un sport auquel même un beagle gros et gras qui s'étouffe sur des pansements pourrait me battre.

Angéline fait tout ça avec grâce, évidemment. Elle court comme une gazelle, sans effort apparent, et même par moments comme une **gazellicorne** – la gazelle la plus gracieuse à avoir jamais vu le jour, c'est bien connu!

Moi, je ressemblais plutôt à un orang-outan affamé qui court derrière un melon tout en essayant de dégager sa culotte coincée au mauvais endroit. Après deux très longues et très épuisantes minutes de jeu, j'ai décidé que le soccer n'était **décidément** pas l'activité parascolaire faite pour moi.

HAN
PFFF
HAN HAN
PFFFF
HAN HAN HAN

SAUTS
DE GAZELLE

Angéline était un peu déçue. Elle espérait que je pourrais jouer dans son équipe. J'ai dû lui dire que ça ne cadrait pas très bien dans mon horaire parce que j'avais autre chose au programme **tous les prochains samedis de ma vie.**

J'ai fait très attention de dire ça sur un ton non nouille parce que je n'ai pas encore digéré qu'elle me trouve nouille.

Même que je viens de me rappeler de laisser Sac-à-puces sortir du placard. Si j'avais été si **NOUILLE**, est-ce que je m'en serais souvenue? Hein? HEIN?

Bon, d'accord, je suis à peu près une journée en retard, mais je m'en suis souvenue.

PREUVES QUE JE NE SUIS PAS NOUILLE

AAAAH!

Je pourrais sans doute inventer facilement un produit chimique, un robot ou autre chose.

J'ai toujours su qu'il n'y avait PAS VRAIMENT quelqu'un derrière la porte dans les blagues qui commence par « Qui est là? ».

Je maîtrise au moins 16 postures qui me donnent l'air très intelligente.

GROS Livre

DIMANCHE 8

Salut, mon nul!

Isabelle est venue chez moi pour qu'on fasse nos devoirs ensemble. Moi et Isabelle, on est d'avis que les devoirs sont la preuve même que les profs ne font pas assez bien leur travail pendant les heures de classe. Ce n'est pas comme si on nous laissait apporter à l'école nos **tâches de la maison** pour qu'on puisse y travailler. On ne peut pas dire : « Je n'ai pas fini de dormir à la maison, alors je vais devoir travailler à mon sommeil ici. »

Avant qu'on se lance dans nos devoirs, je lui ai raconté ma petite sortie au soccer avec Angéline, et Isabelle m'a demandé pourquoi j'y étais allée.

« Ben, c'est ma mère qui... » Isabelle m'a mis un doigt sur la bouche en hochant la tête. Il n'est vraiment pas nécessaire d'élaborer toute explication qui commence par « **Ben, c'est ma mère qui...** ».

Ma petite conversation avec l'oncle Dan me trotte encore dans la tête. J'ai demandé à Isabelle si ça lui arrivait de s'inquiéter de son avenir — de se demander si elle allait faire des études collégiales, si elle allait trouver du travail et tout ça.

Elle a tellement ri que j'ai su qu'elle avait mangé du bacon ce matin au déjeuner. Je pourrais même te dire **combien de morceaux.**

— Jasmine, voyons! Tu es **encore** plus nouille que je le pensais! C'est assez évident, ce que je vais faire plus tard, non?

Il n'était **pas question** que je me laisse traiter de nouille comme ça.

— Ouais. Oh, ouais! Bien sûr. Je veux dire, c'est clair. On s'entend. Je veux dire, ouais... Ouais, je le sais. Je l'ai toujours su. À un moment donné, je pensais que je le savais pas, et puis je me suis rendu compte que je le savais par cœur. Ouais, ouais, ouais. Je le sais, c'est sûr.

C'était très convaincant, hein?

Et j'ai précisé, pour que ça soit encore plus convaincant : « Ouais. »

Et puis j'ai ajouté un genre de « Ouaip » sonore, pour que ça soit encore plus clair que je le savais.

Je n'en ai aucune idée.

P.-S. : Elle a mangé trois morceaux de bacon.

JE N'AI AUCUNE IDÉE, POUR ISABELLE, MAIS JE SAIS CE QUE, MOI, JE POURRAIS ÊTRE PLUS TARD...

Une flic futuriste qui capture des clowns en cavale

Une styliste pour girafes

Une astroballerine
(d'ici là ça existera)

LUNDI 9

Bonjour, cher journal!

Laisse-moi te raconter le cours de maths d'aujourd'hui.

Écoute, quand on est une jolie jeune fille qui doit faire comprendre aux gens qu'elle n'est pas totalement idiote, les maths, ça ne pardonne pas.

Mes notes de maths ont vraiment augmenté. En fait, je me suis rendu compte que le cours de maths, c'est juste une petite brute. Comme toutes les brutes, il fait son possible pour te faire peur et t'intimider. Mais si tu lui tiens tête et que tu lui montres qu'il ne te fait pas peur, il y a de très bonnes chances qu'il devienne **encore pire**.

En tout cas, j'ai aussi découvert que j'étais capable de faire des maths, même si ça demande un peu d'attention, de concentration, de mémorisation et de quelque chose d'autre que j'ai oublié.

Aujourd'hui, pendant le cours, M. Henry m'a demandé d'aller au tableau pour résoudre un problème. Tu sais, je me débrouille assez bien quand je suis toute seule avec mon papier, mon crayon et mes chiffres. C'est juste que je ne suis jamais tout à fait prête à le faire devant un public. Je **peux** y arriver, mais il va y avoir une transformation que je ne veux pas nécessairement que les autres voient. J'arriverai à résoudre le problème, mais il va y avoir des grimaces. Il va y avoir des crispations de visage. Il va y avoir des ongles rongés.

Pourquoi est-ce qu'on devrait faire des choses devant les autres simplement pour prouver qu'on en est capable? Je me brosse les dents toute seule, et personne ne m'a jamais demandé de prouver que je pouvais le faire.

Je me brosse les dents tous les matins pour voir de quoi j'aurai l'air si je perds la boule pendant la journée.

Je n'avais pas envie d'aller au tableau, alors j'ai pensé à une brillante question et je l'ai posée à M. Henry.

— Monsieur Henry, n'y a-t-il pas quelqu'un qui a résolu exactement le même problème dans votre cours l'année dernière?

Il m'a dit que oui.

— Et probablement chaque année depuis bien des années?

— Oui, je suppose.

Je l'avais amené exactement là où je voulais qu'il soit.

— Vous ne pensez pas qu'il serait temps que vous **acceptiez** enfin la réponse? On l'a tous acceptée, nous, monsieur Henry, et on pense qu'il est temps de passer à autre chose.

Aïe! Je serais une animatrice de télé vraiment extraordinaire!

À peu près une seconde plus tard, dans le bureau du directeur adjoint, mon oncle Dan me regardait derrière son gros bureau. Il avait l'air très directorien, et pas très **onclien**.

Ou **oncleux**? Est-ce que c'est comme ça qu'on dit? En tout cas...

Il m'a regardée d'un air sévère en disant :

— Jasmine, tu n'as généralement pas autant d'accrochages avec les profs. D'abord Mme Curie, et maintenant M. Henry.

— C'est lui qui a commencé.

Dès que les mots me sont sortis de la bouche, j'ai su tout de suite que ça ne marcherait pas. C'est vraiment dommage qu'on ne puisse pas rattraper des choses pendant qu'elles sont encore entre notre bouche et les oreilles de quelqu'un d'autre. Alors, j'ai ajouté :

— Les maths, j'en ai plein... la zone de victimisation.

Onclien   Directorien   Pandien
(J'en ai jamais vu. Je dis ça comme ça...)

Oncle Dan m'a regardée en souriant, tout en tapant du doigt sur mon dossier.

— Bon... Je dois dire que je suis très content que tu aies suivi mon conseil. Je vois ici, dans ton dossier permanent, que tu t'es inscrite à plusieurs activités parascolaires et que tu t'es même mise à jouer au soccer.

C'est **VRAI**, je me suis inscrite à des activités parascolaires. J'ai décidé de ne jamais y retourner de ma vie, mais ce qu'il a dit est vrai, en théorie, et on s'entend que « vrai en théorie », ça ressemble pas mal à « vrai pour de vrai ».

C'est **VRAI** aussi que je me suis mise au soccer. Le fait que j'aie lâché après deux minutes n'a pas vraiment d'importance.

Et puis, j'ai compris.

C'est un dossier **PERMANENT**. Comme dans « permanent : qui ne peut jamais être effacé ». Les profs savent que tu t'es inscrite, mais ils ne savent pas que tu as lâché, alors tu peux aller au collège quand même. Ça explique peut-être pourquoi il y a tellement de gens paresseux qui ont un diplôme.

Comme les chirurgiens paresseux qui laissent les patients faire leurs points de suture eux-mêmes.

Je n'ai pas vu Isabelle de l'après-midi, alors j'ai dû attendre après le **souper maison** de ma mère pour lui téléphoner.

Ça peut paraître appétissant, un souper maison, mais ce n'est pas parce que des choses sont faites maison qu'elles sont nécessairement bonnes.

Les incendies de cuisine, par exemple, sont faits maison.

Même Sac-à-puces a refusé de prendre ce que je lui glissais sous la table. Je l'ai pourtant déjà vu manger 50 centimètres carrés de nappe.

(Il en aurait mangé plus, mais le contenu de la casserole de ma mère s'était renversé sur la nappe, alors il a arrêté.)

D'AUTRES BONNES CHOSES FAITES MAISON

QUE PERSONNE N'AIME

Frankenstein

La salle de bains après que mon père y est allé

La salle de bains après que Frankenstein y est allé (moins pire)

Quand j'ai fini par lui parler au téléphone, Isabelle a été agréablement surprise par ma découverte.

— Alors, comme ça, y a une **faille** dans le système du dossier permanent, hein?

Elle semblait aussi contente qu'un troll qui te demanderait si tu étais vraiment sérieuse quand tu lui as dit qu'il pouvait manger ton chaton.

— J'ai toujours su qu'il y avait quelque chose qui clochait, et tu as trouvé ce que c'était, Jasmine.

Je l'imaginais en train de déguster le reste du chaton.

J'ai répondu, en rougissant modestement :

— Euh, oui, je suppose. Je rougis modestement, ai-je ajouté parce qu'elle ne pouvait pas me voir au téléphone.

— Cette faille, a poursuivi Isabelle, ça m'étonnerait qu'elle soit utile à quelque chose, mais **je retire** ce que j'ai dit... tu sais quand j'ai dit que tu es la personne la plus nouille que je connais.

— Merci, Isab...

— Et paresseuse. Et désorganisée. Et gaffeuse. Tout, quoi! Je retire tout.

— Merci, Isab...

— Tu es quand même nouille. Mais tu n'es pas la **PLUS** nouille.

C'est cool, hein? Je ne suis pas **LA PLUS NOUILLE**. Ça va faire bien sur ma carte professionnelle, un de ces jours.

MARDI 10

Cher toi,

Quand je suis arrivée au cours de sciences, j'ai eu une petite conversation avec Mme Curie.

Elle m'a dit :

— **Le pain de viande.**

Je lui ai répondu :

— Le pain de viande?

— Qu'est-ce qu'il a, le pain de viande?

— C'est ce que je dis toujours. (Parce que c'est ce que je dis toujours.)

Elle m'a dit qu'elle avait réfléchi à la question. Elle trouvait que j'avais posé de très bonnes questions.

— Et maintenant que tu as tes réponses, a-t-elle ajouté en hochant la tête légèrement, je pense qu'on peut passer à autre chose, **heeeiiin?**

Je connais Isabelle depuis presque toujours, et elle a essayé de me convaincre de faire des choses que je ne devrais pas faire à peu près tous les jours de ma vie. S'il y a **UNE CHOSE** que je sais reconnaître à coup sûr, c'est quand quelqu'un cherche à me faire dire une chose que je ne veux pas dire.

Je me disais : Sérieusement, madame Curie. J'ai été manipulée par la meilleure. Épargnez-moi ça.

Je me suis contentée de répondre « Oui », en sachant que c'est ce que j'étais censée dire. J'ai regardé ma prof, les yeux à moitié fermés. Elle m'a regardée de la même façon.

Comme je ne voulais pas avoir les yeux moins fermés que les siens, j'ai fermé les yeux encore plus, et elle a fait la même chose de son côté. Si bien que je me suis bientôt rendu compte que j'avais les yeux complètement **fermés** et que je ne pouvais pas me rendre à mon pupitre comme ça.

À la fin des cours, Isabelle m'attendait près de mon casier pour me dire qu'on s'en allait à une autre activité parascolaire. Elle a ramassé en passant le sac à dos qu'Angéline avait posé par terre, pour l'obliger à nous suivre.

Quand on est arrivées là où on s'en allait, il y avait une douzaine de gars dans la classe. **Pas une seule fille.** Ils nous ont tous regardées d'un air absent quand on est entrées.

— On veut s'inscrire à votre club, a dit Isabelle au prof qui supervisait l'activité. (C'était un de ces profs qu'on voit tout le temps, mais dont on ne connaît pas le nom. Il a l'air plutôt ordinaire et il s'habille de manière très ordinaire. Il a une personnalité ordinaire, et il est d'une grandeur et d'un poids ordinaires. Je l'appelle M. Laid, tout simplement.)

— Pas si vite, a protesté un des gars. Il faut être un vrai accro des jeux vidéo pour être membre de notre club. À quels jeux jouez-vous, les filles?

Il y avait quelque chose de **très insultant** dans sa façon de nous poser la question du bout des lèvres, en zozotant. Tous les autres abrutis nous observaient en silence, en attendant une réponse.

C'est alors qu'Angéline est entrée, à la recherche de son sac à dos.

On ne s'habitue pas au bruit des abrutis qui grognent.

Tous les gars ont détourné le regard, comme s'ils n'étaient pas dignes de poser les yeux sur elle.

Ils avaient raison là-dessus, bien sûr — ils ne sont **pas** dignes d'elle! Mais je pense qu'ils n'auraient pas dû me regarder, moi, avec un tel sans-gêne.

— Donnez-moi mon sac! a dit Angéline.

Elle s'est interrompue un instant et a repris en marmonnant :

— Ça sent la pizza par ici. Il y a aussi une odeur de...

— De quoi? ai-je demandé.

Elle s'est penchée vers moi pour me chuchoter à l'oreille :

— Tu connais les antisudorifiques, bien sûr. Mais est-ce que ça existe, des **pro-sudorifiques**?

— Tu récupéreras ton sac quand on se sera inscrites à ce club, a coupé Isabelle. Ti-Guidou Pleind'poux, là, il ne veut pas nous avoir.

— Pourquoi tu ne lui demandes pas, **toi**? ai-je suggéré à Angéline.

Puis Angéline a souri au zozoteur.

45

Je me souviens qu'il y a eu des petits ricanements gênés, et des visages tellement rouges qu'on n'y voyait plus les boutons d'acné. Et en un rien de temps, Angéline a été élue présidente à vie du Club des amateurs de jeux vidéo, puis Isabelle et moi, vice-présidentes.

Il s'avère qu'on est les trois premières filles à s'inscrire à ce club, et même si on n'y retourne plus jamais, cela ne les dérangera probablement pas du tout.

Les accros des jeux vidéo adorent les aventures et sont friands de légendes. J'imagine très bien que **La légende des trois belles joueuse**s va être racontée encore et encore devant des écrans allumés, au milieu de verres de Mountain Dew tiède et de collations couvertes de sable orange fluo à saveur de fromage.

Et maintenant, ça fait **UNE AUTRE** activité parascolaire dans mon dossier.

Une fois Angéline partie en trottinant joliment avec son joli sac à dos, j'ai demandé à Isabelle pourquoi elle avait décidé tout à coup de participer à des activités parascolaires.

— Hier soir, a répondu Isabelle, mon père et mes grands frères ont eu une grosse discussion. Mon père a dit qu'ils étaient des paresseux et des bons à rien, et qu'ils finiraient probablement leur vie à la maison, affalés sur le divan, à ne rien faire pour le reste de leurs jours.

— Ouais. C'est assez inquiétant comme idée.

— Mets-en! a approuvé Isabelle. Rester chez mes parents toute ma vie sans rien faire, c'était **MON** plan. Mais il n'est pas question que j'y reste si mes frères sont là aussi. Alors, maintenant, je suppose que je vais **devoir** aller au collège, Jasmine, ce qui veut dire que j'ai besoin de parascos, moi aussi.

Rester affalée à ne rien faire, c'est bien moins intéressant quand c'est pour toujours.

MERCREDI 11

Cher toi,

Dans le cours de français, Mme Avon (la prof qui a des gencives assez grandes pour être celles de plusieurs profs de français beaucoup plus grands qu'elle) nous a demandé d'écrire des articles de journaux sur quelque chose qui s'est passé à l'école.

Elle veut qu'on soit capables de communiquer de grandes idées rapidement, de manière à inciter les gens à en lire plus.

C'est incroyable, mais Isabelle a terminé son travail avec des semaines d'avance. Voici ce qu'elle a écrit :

LA PROF D'ARTS SEXY, MLLE ANGRIGNON, A MIS DU DÉODORANT POUR VENIR À L'ÉCOLE.

NOUS CROYONS QU'EN FAIT, ELLE MET DU DÉO TOUT LE TEMPS, COMME TOUS LES AUTRES PROFS.

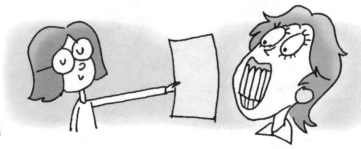

Mme Avon et Isabelle ont eu une petite discussion sur ce devoir. Mme Avon a dit à Isabelle que son titre était inapproprié. Isabelle lui a demandé si elle avait des raisons de croire qu'il y avait quoi que ce soit de faux là-dedans.

— Il y a des profs qui ne mettent **pas** de déo? Vous voudriez peut-être faire une déclaration publique là-dessus, madame?

Fin de la discussion. Je pense que c'est parce qu'Isabelle avait un papier et un crayon dans les mains, prête à prendre en note la réponse de Mme Avon.

— Bon. Un B moins, ça te va? a demandé Mme Avon.

— Disons un B, et c'est bon, a dit Isabelle.

Et, juste comme ça, Isabelle a fini son travail, des **semaines** à l'avance.

Elle est très forte.

Peut-être qu'un jour, quand elle sera grande, elle négociera des affaires importantes. À moins qu'elle ne soit dompteuse de rhinocéros.

Si jamais quelqu'un clonait une de ces petites bêtes-là, elle serait bonne pour les dompter.

Isabelle a déjà fini son devoir et Mme Avon sait que les travaux de ce genre sont hyper faciles pour moi. Alors, quand Isabelle lui a demandé si on pouvait être excusées du cours pour travailler à un projet pour le **Comité de sensibilisation des élèves**, qui – comme quelqu'un me l'avait dit dans un murmure tonitruant quelques minutes avant – est un club parascolaire auquel on vient de s'inscrire tout récemment, elle n'a pas refusé.

En fait, on ne s'y est pas seulement inscrites.

Isabelle m'a annoncé dans le corridor qu'on venait de le **fonder**.

— Pourquoi on se contenterait de se joindre à des clubs alors qu'on peut en inventer autant qu'on veut? Ça va **sûrement** bien paraître dans notre dossier permanent.

C'est très difficile de contester la logique d'Isabelle. Surtout parce que, quand on le fait, elle réagit assez fortement.

D'ailleurs, je pense qu'elle a raison. Je sens déjà mon avenir devenir **plus parfait**.

Parfois, quand Isabelle veut insister sur un point,

elle prend un objet pointu.

JEUDI 12

Cher full nul,

Tu sais, il n'y a pas si longtemps, je considérais Angéline comme une ennemie — le genre d'ennemie qui ne fait jamais rien de mal, qui n'est pas vraiment méchante ou qui n'a absolument rien à se reprocher. Tu vois ce que je veux dire : ces ennemies-là, ce sont les **pires**.

À une certaine époque, ça me dérangeait que les garçons, et en particulier Henri Riverain (huitième plus beau gars de la classe), soient tous fascinés par sa beauté, sa charmante personnalité, sa gentillesse et toutes ces stupides, affreuses et horribles niaiseries.

Mais je suis plus mûre, maintenant, et j'ai accepté Angéline comme AMIE JUSQU'À NOUVEL ORDRE. En plus, je suis prête à croire que les gars sont fascinés par elle parce qu'elle est mon amie. Je trouve ça très réconfortant.

Tais-toi, nul. Pour moi, ça marche.

Soyons réalistes...

Je suis la plus grande qualité d'Angéline.

Et comme Angéline est une amie (jusqu'à nouvel ordre), elle s'assoit assez souvent avec nous pour le dîner.

Isabelle lui a demandé si elle voulait se joindre au Comité de sensibilisation des élèves.

— Jamais entendu parler, a dit Angéline en mâchant lentement son pain de viande.

— C'est un nouveau club de l'école, a expliqué Isabelle.

— Ça ne se peut pas, a répliqué Angéline. Je le saurais.

— Oui, ça se peut, a rétorqué Isabelle, qui commençait à voir rouge. Moi, je le **sais**, mademoiselle Bella-Bêta, parce que c'est **moi** qui l'ai fondé.

— Mlle Bella-Bêta, hein? a dit Angéline après avoir poliment avalé une bouchée de pain de viande.

Je pense que ça n'existe même pas, « Mlle Bella-Bêta ». Isabelle invente parfois des insultes qui sortent de nulle part.

Pet de pingouin

Prince Pudpartout

Mlle Vachette

Isabelle s'est frotté le menton, comme si elle avait une barbe, ce qui était d'ailleurs très facile à imaginer puisque sa grand-mère a vraiment une petite barbe et qu'Isabelle lui ressemble beaucoup.

Les principales barbes que je choisirais pour Isabelle

vendeur de poulet

président

verrue gratuite

bizarroïde

musicien intello

J'ai constaté qu'Angéline, malgré sa beauté, connaît beaucoup plus de choses qu'on le pense parfois, et « Mlle Bella-Bêta », dépassait probablement les limites acceptables des insultes.

— Exactement, Mlle Bella-Bêta, a répété Isabelle, qui n'a aucune limite en ce domaine.

Juste à ce moment-là, la Brunet, un nuage de tempête qui se fait souvent passer pour une surveillante de cafétéria, est passée à côté de nous en traînant les pieds, les yeux fixés sur nos plateaux.

Normalement, on détourne les yeux, pour éviter d'être transformés en **statues de sel** ou quelque chose du genre, mais je me suis souvenue tout à coup du cours de sciences et je l'ai interceptée.

— Mademoiselle Brunet, je peux vous poser une question sur le pain de viande pour mon cours de sciences? Il n'y a personne qui l'aime. Pourquoi est-ce qu'on nous en sert à la cafétéria?

J'ai vu un jour un documentaire sur des loups qui avaient encerclé un bison, et la Brunet avait exactement le même air. Du moins si le bison avait été plus petit et plus laid.

— Tu veux bien me rappeler qui est ton prof de sciences? a demandé la Brunet en essayant de sourire.

— C'est Mme Curie. Mais qu'est-ce que ça change? Pourquoi est-ce que la caf en sert, de ce pain de viande?

LA BRUNET

À moitié bison, à moitié nuage de tempête, à moitié un autre bison encore plus colérique que celui de la première moitié

55

La Brunet s'est éloignée sans répondre.

— Pourquoi elle ne répond pas? a demandé doucement Henri. C'est une question simple, pourtant.

CÉLÈBRES QUESTIONS SANS RÉPONSE

VENDREDI 13

Bonjour, cher nul!

Isabelle et sa mère sont passées me chercher de bonne heure pour aller à l'école. Il y a deux clubs parascolaires qui se réunissent le matin, et aujourd'hui, Isabelle m'a amenée aux deux.

Je commence vraiment à me demander si c'était une bonne idée d'inclure Isabelle dans cette histoire. C'est important pour moi d'avoir un avenir parfait, bien sûr, mais si celui d'Isabelle est parfaitement mieux que le mien, je risque de passer une partie de mon avenir à essayer de **saboter** le sien. Écoute, je sais que ce n'est pas très gentil à dire, mais Isabelle et moi, on est de grandes amies, et c'est exactement ce que font les grandes amies.

On est d'abord allées au Club d'agriculture, qui se réunit probablement très tôt le matin parce qu'un fermier, ça se lève vraiment de bonne heure.

Mais pourquoi? Le fermier, c'est le **PATRON** de la ferme, non? Qu'est-ce qui va se passer s'il ne se lève pas? Les vaches vont répandre leur lait partout sur le plancher et l'obliger à tout ramasser s'il n'est pas là à temps?

Sérieusement, messieurs les fermiers! Il ne faut pas vous laisser faire! Et vous, les vaches, on se calme! Je vais vous envoyer Isabelle — et vous savez ce qu'elle en pense des vaches, hein!

On est restées juste le temps de nous inscrire et de partir, mais personne ne s'en est rendu compte parce qu'ils étaient tous endormis, en bons fermiers qu'ils sont.

Ensuite, on s'est rendues au Club de course à pied. Tous les élèves qui font partie de l'équipe d'athlétisme de l'école sont membres de ce club. Il y a aussi des jeunes qui pratiquent d'autres sports, et d'autres qui aiment juste se lever très tôt et courir pour s'amuser.

Pour s'a-mu-ser.

Tu sais, c'est comme les reportages à la télé dans lesquels on voit des gens s'éloigner d'un volcan en courant ou se sauver d'un ours ou de quelque chose du genre. Les gens rient comme des fous en racontant combien ils s'amusent et comment ils espèrent pouvoir continuer à courir, à courir et à courir sans jamais s'arrêter.

On s'est inscrites et on s'apprêtait à s'en aller, puisque c'est comme ça qu'on fait habituellement, mais Yolanda nous a interceptées. Elle était avec M. Dumas, le prof qui supervise le Club de course à pied.

— Jasmine et Isabelle viennent de s'inscrire au club, a dit Yolanda avec sa délicatesse habituelle. Est-ce qu'elles peuvent courir avec nous ce matin?

— Oh, non merci! ai-je dit.

Et puis, j'ai ajouté :

— Orrff!

C'est ce que je dis toujours quand Isabelle me donne un coup de poing dans le dos.

— Oui. On aimerait bien, a répondu Isabelle.

M. Dumas a dit qu'il était d'accord, alors Isabelle et moi, on s'est mises à courir avec les autres, en essayant de suivre le gros groupe des Coureurs du Petit Matin que les gens normaux appellent plus couramment les **Capotés du Petit Matin.**

Oui, oui! Il y a vraiment des gens qui courent alors qu'ils ne sont pas obligés, pour le plaisir.

J'ai demandé à Isabelle, tout en cherchant un peu d'oxygène :

— Pourquoi... tu as... dit... qu'on... allait... courir?

— Il ne faut pas que les autres se rendent compte de ce qu'on fait. **Personne** ne doit découvrir cette faille dans le dossier permanent, a répondu Isabelle sans même chercher son souffle.

Isabelle doit souvent se battre avec ses deux méchants grands frères en même temps, alors elle contrôle très bien sa respiration.

On a regardé les coureurs plus expérimentés s'éloigner devant nous.

— Encore... une... chose...

J'avais le souffle de plus en plus court.

— As... tu... apporté... des... vêtements... de... rechange?

Ffffff
Han han
Ffffff

Bien sûr que non. Et quand on a fini par arriver, on était tellement en retard sur les autres qu'on n'a même pas eu le temps de courir au vestiaire pour prendre une douche.

On s'est dépêchées pour arriver à temps à notre premier cours — même si c'est difficile de se dépêcher quand on a les jambes toutes molles — et je me suis rendu compte qu'on sentait un peu la transpiration, après toute cette course. Pas beaucoup, bien sûr, mais l'expérience m'a appris qu'à l'heure du midi, ça serait pire. **Bien pire**. Genre sandwich au saucisson laissé sur le comptoir tout l'avant-midi.

Je n'avais pas de parfum, pas d'eau de Cologne, pas de déodorant, rien. Et puis, quand on est passées devant le salon des profs, on a perçu une odeur qui nous a chatouillé fortement les narines.

Ça sentait un peu les fleurs, et c'était très élégant. C'était une odeur adulte, mais en même temps enjouée et innocente.

— Viens, a dit Isabelle. Par ici.

Elle a ouvert la porte et m'a tirée dans la pièce derrière elle.

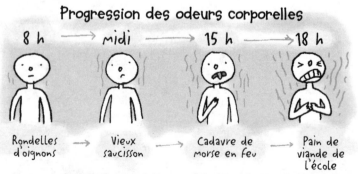

Progression des odeurs corporelles

8 h → midi → 15 h → 18 h

Rondelles d'oignons → Vieux saucisson → Cadavre de morse en feu → Pain de viande de l'école

On était dans le **salon des profs!!!**

On avait entendu des tas d'histoires sur cet endroit, bien sûr... les soirées endiablées, les rituels bizarres, les coussins bien rebondis, remplis de notes confisquées.

Mais il n'y avait aucun indice de tout ça. En fait, la pièce était plutôt simple et ennuyeuse. Les couleurs étaient dans le genre terne, et les coussins pas du tout rebondis.

Les profs venaient probablement tout juste de partir à leurs cours. Il y avait une cafetière sur un réchaud. C'était tout ce qui ressortait de l'environnement un peu déprimant, parce que ça dégageait une odeur absolument délicieuse.

— Je n'aime même pas ça, le café, mais je n'ai jamais senti quelque chose d'aussi appétissant, ai-je dit.

Isabelle avait déjà trouvé le sac de grains de café et l'examinait attentivement.

— C'est du café qui coûte cher. **Très cher.**

On a regardé autour de nous. Il y avait une boîte de beignes à moitié mangés sur la table. Le frigo était plein de lunchs qui avaient l'air normaux, dans des contenants en plastique. Il y avait des fleurs artificielles dans le vase posé sur la table. Ce salon ne contenait rien qui coûtait cher, sauf le café.

Isabelle a plongé une main dans le sac, puis elle a soulevé son chandail et elle s'est frotté l'aisselle avec une poignée de café.

Je me suis précipitée vers la porte. Je savais ce qui s'en venait. Mais Isabelle m'a arrêtée.

— Tu l'as dit toi-même, ça sent super bon. On n'a pas le choix. Tu veux sentir comme mon oncle Nap toute la journée? C'est mieux que rien.

Un jour, j'ai été invitée à manger chez Isabelle, et elle et moi on a dû s'asseoir à côté de son oncle Nap. L'oncle Nap sent toutes les odeurs que tous les gens peuvent sentir **EN MÊME TEMPS**. Avant, les parents d'Isabelle le faisaient asseoir à côté d'une fenêtre ouverte, mais les voisins ont fini par se plaindre. **Les voisins des États-Unis.**

Doucement, j'ai respiré une bouffée du café qu'il y avait dans le sac. Ça sentait tellement bon qu'une seconde plus tard, j'étais en train de m'en mettre sous les bras moi aussi.

On s'est frotté les mains, on est sorties après avoir jeté un coup d'œil prudent dans le corridor et on a couru à notre cours.

En général, les profs **m'aiment** bien. Ils ne m'adorent pas, mais ils m'aiment bien. Mais aujourd'hui, c'était différent.

Ils me souriaient plus que d'habitude. Ils faisaient plus de blagues avec moi. Même Mme Curie, qui m'en veut un peu pour l'histoire du pain de viande, ne s'est pas fâchée quand je lui ai demandé si, à son avis, les chiens sauvages auraient refusé d'évoluer s'ils avaient su qu'ils allaient finir par devenir des **caniches**.

Je n'ai pas compris pourquoi les profs étaient d'aussi bonne humeur, jusqu'à ce qu'Angéline vienne s'asseoir entre Isabelle et moi à l'heure du midi.

— **Vous sentez cette odeur?** a demandé Angéline en prenant une grande bouffée de l'air qui nous entourait.

— L'odeur de café? ai-je dit.

Et puis je me suis rendu compte que ce n'était pas la bonne réponse à donner à sa question, alors je me suis empressée d'ajouter :

— **Non.**

— Avez-vous apporté du café pour le dîner? a dit Angéline en examinant nos boîtes à dîner.

— Non, a répondu Isabelle. Arrête de nous sentir comme ça. Arrête de sentir partout.

La Brunet est passée à côté de nous. Et puis, son énorme corps s'est arrêté et s'est retourné. Elle **souriait!**

Elle nous a demandé gentiment :

— Comment allez-vous aujourd'hui, mesdemoiselles?

Il y a deux choses que tu ne veux jamais voir se lever : les morts et les sourcils d'Isabelle.

— Hé, Brunet! a lancé Isabelle, un sourcil levé, en faisant exprès pour appeler la surveillante par son nom de famille. On voulait apporter des bonbons pour le dîner, lundi. Tu es d'accord?

En fait, aucune des expressions « sourciliennes » d'Isabelle n'est vraiment rassurante...

La Brunet prend sa tâche de surveillante de la caf très au sérieux, et manger des bonbons pour le dîner, c'est le genre de chose qui pourrait la fâcher suffisamment pour faire jaillir une immense gerbe d'eau de son nez.

— Bon, d'accord. Mais juste pour cette fois. Bonne journée, mesdemoiselles.

Et elle s'est éloignée en se dandinant. Isabelle m'a regardée avec un grand sourire et a soufflé doucement, en montrant son dessous de bras :

— **C'est le café.** Ils aiment notre odeur.

Au début, je ne l'ai pas crue. Mais les odeurs ont **effectivement** un effet puissant sur les gens, et les profs **adorent** le café, c'est certain.

PROF   CAFÉ

CHIEN   VIANDE

ENFANT   GÂTEAU

PÈRE   CAFÉ, VIANDE, GÂTEAU... TOUT

SAMEDI 14

Salut, toi!

Isabelle est venue tambouriner sur notre porte à 8 h 30 ce matin. **UN SAMEDI.** Tu sais qui est debout, le samedi matin à 8 h 30? Personne. À cette heure-là, si tu regardes dehors, tu verras seulement des oiseaux et des écureuils... endormis sur les trottoirs.

— Jasmine! (Elle parlait d'une voix appliquée, comme si elle avait appris son texte par cœur.) J'ai oublié mon travail dans mon casier à l'école, et je dois aller le récupérer.

— Le récupérer? Le **récupérer**?

— C'est samedi, a dit ma mère d'une voix rugueuse, comme si elle n'avait pas encore retrouvé sa voix de la journée. Comment penses-tu pouvoir entrer à l'école?

— Il y a des clubs, des activités sportives, et tout et tout, a récité Isabelle, toujours aussi solennelle. Il y a des gens à l'école le samedi. Par exemple le Club de théâtre, qui prépare la pièce de l'école, intitulée *Sagamité*. Mais mes parents ne sont pas chez moi en ce moment, et je ne pense pas que l'école reste ouverte très longtemps.

Je n'avais aucune idée de ce qu'elle manigançait, mais je savais que ça n'avait rien à voir avec les devoirs. Et qu'elle allait tout faire rater si elle continuait comme ça.

Même aussi tôt dans la journée, elle avait trop l'air de réciter sa leçon pour que ma mère la croie. J'allais devoir intervenir.

— **Oublie ça**, Isabelle. Va falloir que tu laisses tomber ton devoir. Tout le monde s'en fiche, de toute manière!

INTERVENTION!

ZOOM!

Soudain, Supermaman a entendu quelqu'un dire qu'un devoir pourrait être victime de négligence...

— Oh, non! Tu ne le laisseras pas tomber, a dit ma mère en mordant à l'hameçon comme une grosse truite endormie. Je vais vous conduire à l'école moi-même. Jasmine, prépare-toi.

Ça marche à tous les coups.

Isabelle est montée dans ma chambre avec moi pendant que je m'habillais. Je lui ai dit que je n'en revenais pas qu'elle n'ait pas su mentir mieux que ça. En général, ses mensonges font plutôt penser à un ballet parfaitement chorégraphié.

— Bof. Allons-y avec ton plan.

— MON plan? Mais c'est TON PLAN.

Elle a répondu que, dès que j'étais intervenue pour l'aider à vendre sa salade à ma mère, j'avais assumé la propriété partielle du plan. Je me rends compte maintenant que ses mensonges maladroits n'étaient que de la frime pour m'embarquer dans son histoire.

Elle est sortie en sautillant de ma chambre et en faisant valser son sac à dos sur son épaule.

— Allons-y!

Quand on est arrivées à l'école, ma mère a attendu dans l'auto. Comme la porte principale n'était pas verrouillée, on est entrées facilement et on s'est dirigées vers nos casiers en nous hâtant dans les couloirs déserts. Je me suis arrêtée devant le casier d'Isabelle, mais elle a poursuivi son chemin.

— Ton devoir n'est pas là-dedans? (J'étais à peine étonnée.)

Elle a continué de marcher... jusqu'au salon des profs. Elle a frappé à la porte et a tendu l'oreille un instant.

Pas de réponse.

— Isabelle! **Qu'est-ce que tu fais?** ai-je chuchoté.

— Contente-toi de monter la garde.

Elle est entrée, puis est ressortie toute de suite avec un sac à sandwich à moitié rempli du café spécial des profs.

Elle a fourré le café dans son sac à dos, elle a sorti de son sac une petite bouteille de parfum et elle nous en a aspergé toutes les deux.

— Comme ça, ta mère ne sentira pas le café.

Puis, elle a sorti un devoir de son sac pour le montrer à ma mère tandis qu'on retournait en courant vers la voiture.

Avec ses manigances, Isabelle avait réussi à nous rendre complices de ce vol de café, moi comme guetteuse et ma mère comme conductrice de la voiture qui nous avait permis de fuir la scène du crime.

DIMANCHE 15

Cher full nul,

Isabelle et moi, on a passé la matinée à
« **murmucrier** » au téléphone.

— Et si on s'était fait prendre? Qu'est-ce qu'on aurait
dit à ma mère? ai-je murmucrié.

— Et si on était des éléphants? Et si la lune explosait?
Et si l'orthographe était importante? C'est n'importe quoi,
tout ça. On ne s'est **pas** fait prendre, Jasmine. Et
maintenant, on a le café.

— Qu'est-ce que tu veux faire avec ça de toute
manière?

— Je n'ai pas encore décidé. Mais c'est une arme
vaudou très puissante, Jasmine. Tu as vu comme ça a
marché!

Et puis, elle m'a dit qu'on devait s'inscrire à un autre
club parascolaire le lendemain.

Je lui ai demandé, très intelligemment, si on devait
continuer à ajouter des activités dans notre dossier
permanent parce que je craignais qu'on y aille trop fort.
Et j'ai ajouté, subtilement :

— Plus fort que l'expresso le plus fort.

Mais Isabelle m'a félicité pour ma métaphore sur l'expresso, alors j'ai un peu oublié que j'étais inquiète.

Qu'est-ce qu'Isabelle va devenir plus tard?

Championne de vol de bijoux?

Femme qui capture des champions de vol de bijoux?

Monstrueuse mangeuse d'âmes ou hygiéniste dentaire?

LUNDI 16

Cher toi,

Angéline est passée très lentement devant mon casier ce matin, et elle a pris une grande inspiration. Je sais que c'était moi qu'elle sentait, parce que j'ai souvent fait exactement la même chose avec elle. Je lui ai demandé, dégoûtée :

— Tu n'es pas un peu bizarre de sentir les gens comme ça?

— Pas de café aujourd'hui, hein? a répondu Angéline, d'un air entendu.

— Non.

— Dommage. Tu sais qui **adore** le café? Henri. Je sais que tu ne le trouves plus autant à ton goût, mais il aime vraiment ça, tu sais.

— Tu as raison, Angéline. C'est fini avec lui.

En disant ça, j'ai haussé les épaules d'un air désinvolte, comme seules peuvent le faire celles pour qui c'est **VRAIMENT FINI**.

Haussement
d'épaules normal

Haussement d'épaules
C'EST VRAIMENT FINI

Quelques minutes plus tard, j'ai poussé Isabelle contre la porte d'une des cabines dans les toilettes des filles, et je me suis mise à fouiller dans son sac à dos.

— J'ai besoin d'un peu de café !

Isabelle a ouvert le sac de café, j'en ai pris une poignée, et j'ai commencé à me frotter le cou et les poignets, comme si c'était un parfum de grande marque. Mais en me replaçant les cheveux devant le miroir, je me suis rendu compte que Yolanda était sortie d'une cabine et qu'elle nous regardait.

— Qu'est-ce que c'est ? De la terre ? Des miettes de carré au chocolat ?

Isabelle s'est avancée vers elle. Yolanda a avalé sa salive, péniblement. La délicatesse, ça ne sert à rien pour se protéger d'Isabelle.

— Écoute, Isabelle, a balbutié Yolanda, nerveuse. Je suis désolée de vous avoir fait courir avec nous l'autre jour. Je voulais juste prendre ma revanche après l'affaire de la balle de tennis.

J'ai arrêté Isabelle avant qu'elle puisse dire quelque chose et je lui ai rappelé doucement :

— Si elle n'avait pas fait ça, on n'aurait jamais découvert le trésor.

La **délicatesse**, ça ne protège pas de la maladie ni d'Isabelle ni des tremblements de terre.

Isabelle a réfléchi un instant.

— Ouais, d'accord, Yolanda. Mais pas un mot.

C'était un avertissement clair, et j'ai fait un p'tit signe à Yolanda pour qu'elle sorte au plus vite avant qu'Isabelle change d'idée.

Comme je répandais l'odeur délicieuse et très féminine d'un café de luxe, toutes les dames de la caf ont été super-gentilles. La Brunet a essayé de me sourire encore une fois, ce qui est plutôt gentil, mais surtout perturbant, même pour un bison.

Henri était assis avec Angéline et Isabelle quand je suis arrivée à notre table. Je me suis assise à côté d'Henri en me penchant vers lui pour qu'il puisse respirer mon parfum à fond.

Il m'a regardée, **dégoûté**.

— Qu'est-ce que c'est que cette odeur? Tu bois du café, toi?

— Je, euh, non, c'est juste que...

J'admets que ce n'était pas la meilleure explication de ma vie, mais c'est à peu près ça que j'ai dit.

Henri s'est levé et a quitté la table en courant.

— Il **déteste le café**, a dit Angéline. Il ne peut même pas en supporter l'odeur.

La nausée, ce n'est pas toujours l'effet qu'une fille recherche.

— Mais tu m'avais dit qu'il adorait ça!

— Alors, *maintenant*, tu vas me dire ce qui se passe? a lancé Angéline.

Je me suis tournée vers Isabelle qui s'efforçait de ne pas rire et a finalement avoué :

— Tout le monde sait qu'Henri déteste le café.

— Jasmine, a insisté Angéline, l'air pincé. On est des amies, toi et moi. Pourquoi tu me caches des choses?

J'étais **furieuse**.

— Angéline, la prochaine fois que tu sens quelqu'un et que tu as envie de lui dire que quelqu'un aime l'odeur de quelque chose, tu ne devrais pas raconter des mensonges.

— J'arrêterai si tu arrêtes aussi, a répliqué Angéline.

— Angéline, si j'ai menti au sujet des odeurs... Combien de fois, Isabelle?

— Peut-être quatre fois, a répondu Isabelle. Mais plus probablement une seule fois.

— Ouais, **UNE SEULE FOIS!** ai-je hurlé.

Non, mais!!! Après tout ce que j'ai fait pour Angéline, c'est comme ça qu'elle me traite?

Sérieusement, Angéline...

Qu'est-ce qui t'est passé par la tête??

MARDI 17

Cher toi,

Tout de suite après l'arrivée de Mme Curie, au début du cours de sciences, j'ai levé la main.

— Madame Curie, j'ai **une autre idée** au sujet du pain de viande.

Mme Curie a dit que ça allait devoir attendre. Mais, sans même lever la main, Angéline a dit qu'elle voulait entendre ce que j'avais à dire. Elle veut probablement juste se faire pardonner pour cette histoire avec Henri.

Ensuite Henri a dit que ça l'intéressait aussi, et puis d'autres élèves se sont mis à murmurer et à hocher la tête, alors Mme Curie a abdiqué.

— Bon d'accord. Dis-nous tout.

— Eh bien, j'ai pensé aux vaches qui vont dans le pain de viande. Et je me suis dit que le fermier devait leur dire constamment de finir leurs repas pour vaches... Et leur faire faire des exercices spéciaux et leur donner des médicaments spéciaux.

79

Mme Curie est restée immobile, les mains sur les hanches.

— Oui, le fermier veut que ses vaches soient grasses et en bonne santé.

— Non. Si le fermier pouvait vendre des vaches maigres et malades, ça lui conviendrait parfaitement. C'est pour lui qu'il fait tout ça, pas pour les vaches.

— Et quel est le rapport avec le pain de viande? a demandé Mme Curie.

— Ben, peut-être que le pain de viande... ce n'est pas pour **notre** bien-être qu'on en sert. Peut-être qu'on est comme les vaches.

Peut seulement
MEUGLER en lettres
minuscules

Peut seulement
donner du lait
de soya

meuh

Peut seulement manger de l'herbe préruminée

Je suis retournée m'asseoir en face de mon oncle Dan. Mais, cette fois, il ressemblait un peu plus à un oncle qu'à un directeur adjoint.

— Encore un problème avec Mme Curie?

Je lui ai raconté notre conversation et je lui ai dit que Mme Curie avait tort quand elle a dit que j'avais **dérangé** la classe. On discutait, c'est tout.

— C'est Michel Pinsonneau qui s'est mis à meugler.

— Michel fait ça tout le temps, a dit mon oncle. Il ne meugle pas. Je pense qu'il respire par la bouche.

Oncle Dan a regardé mon dossier et il m'a souri. Je pense qu'il était de mon bord, pour une fois.

— Wow! Je vois que tu t'es inscrite à tout plein de clubs. Tu fais vraiment beaucoup d'activités parascolaires!

J'ai hoché la tête en détournant les yeux **de peur qu'ils me trahissent.**

— Tu veux que je parle à Mme Curie? a offert mon oncle.

J'aurais bien voulu qu'il le fasse, mais comme j'ai été impliquée récemment dans un vol de café, ici même à l'école, je me suis dit que je ne méritais pas son aide.

— Non. Est-ce que je peux juste attendre ici quelques minutes et faire semblant d'avoir été grondée?

Je suis minable.

Tes yeux vont te trahir.

Après quelques minutes assise devant lui, j'ai demandé à mon oncle :

— En passant, oncle Dan, est-ce que *TOI*, tu en manges, du pain de viande de la caf? Tu devrais essayer. C'est vraiment « innommablement » horrible.

D'accord, « *INNOMMABLEMENT HORRIBLE* », ça ne ferait pas très bien sur un menu. Voici d'autres façons de décrire le pain de viande pour inciter les gens à l'essayer.

<< *Pain de viande aventure* >>

<< *Pain de viande double défi* >>

<< *Le préféré des vautours* >>

<< *Pain de viande pas vraiment toxique* >>

MERCREDI 18

Cher toi,

Mme Avon nous a fait travailler sur nos articles pendant son cours, aujourd'hui, mais je n'avais vraiment pas d'idée brillante. Je ne voulais pas montrer mes ébauches de titres à Mme Avon, mais elle les a lues par-dessus mon épaule.

UNE ÉTUDIANTE ÉCRIT UN TITRE
ET LE PETIT SOUS-TITRE QUI VA AVEC

IL NE SE PASSE RIEN NULLE PART
LES JOURNALISTES PRENNENT CONGÉ POUR LA JOURNÉE

UN PAIN DE VIANDE QUE PERSONNE N'AIME
POURQUOI EN SERVIR, ALORS?

LES BLONDES DESCENDENT DES ARAIGNÉES
<< RIEN D'ÉTONNANT >>, DISENT DES SCIENTIFIQUES DE PARTOUT

Hé, tout le monde!

Les épaules, ça a été inventé pour empêcher de lire les textes privés.

Elle m'a dit que c'était très bon, et je lui ai répondu que j'avais inventé ça. Il n'est pas établi scientifiquement que les blondes descendent des araignées. C'est peut-être des scorpions ou des tiques.

Il y a deux possibilités.

En fait, c'est l'histoire du *pain de viande* qu'elle trouve bonne!

— Tu poses là une question très simple, mais intéressante, Jasmine. Je pense que je lirais ton article. Vas-y!

Elle m'a dit ça avec un grand sourire, et j'ai reculé un peu pour éviter une surdose de gencives.

Après l'école, Isabelle est venue me rejoindre à mon casier, et on est allées s'inscrire au Club de photo.

Quand on est arrivées, tous les jeunes se montraient des photos sur leurs ordinateurs, mais comme il s'agit du Club de photo, tu **devines** facilement ce qui se passe quand il y a des nouveaux qui arrivent.

Tu te dis peut-être qu'on a déchiré nos formulaires d'inscription sur-le-champ, mais ils nous ont dit qu'Isabelle leur ferait faire un excellent entraînement s'ils décidaient un jour de devenir des paparazzi et qu'ils devaient suivre des **célébrités mentalement dérangées**.

Isabelle a offert de rester pour distribuer encore quelques coups de poing, mais on a dû partir pour aller nous inscrire au Club des gourmets.

Le Club des gourmets s'appelait tout simplement
« Club de cuisine » l'an dernier, mais ils ont changé son
nom pour rehausser leur image. Un peu comme si le **Club
de conditionnement physique** s'appelait avant
Ouache! On est gros!

Le Club des gourmets a accès à la cuisine de la caf et,
à vrai dire, je pense que j'aurais pu **aimer** participer à
ses activités. Sauf qu'on ne participe pas réellement à
tous ces clubs auxquels on s'inscrit.

C'est ma merveilleuse prof d'arts, Mlle Angrignon, qui
supervise ce club. Ce qui est tout à fait logique parce que
la présentation, c'est très important dans la cuisine. C'est
pour ça que les aliments les plus délicieux au monde sont
tellement beaux à regarder.

Sauf peut-être la pizza, qui ressemble à une plaque
d'égoût couverte d'une gigantesque blessure qui ne veut
pas guérir.

Ou le spaghetti, qui fait penser à une assiette de vers
qui auraient été lancés à travers un ventilateur.

Ou le chocolat, qui...

Bon! **Changeons de sujet!**

La plus belle façon de
présenter du ragoût, c'est
de le cacher derrière
un aliment qui ressemble
moins à de la pâtée pour
chiens déjà mâchonnée.

Quand on est arrivées, Mlle Angrignon était en train d'expliquer au groupe qu'il fallait établir soigneusement le budget de ses menus. Il faut penser à ce que coûtent les ingrédients. Si tu dépenses tout ton argent sur une chose, tu n'en auras plus assez pour le reste.

Je me sentais un peu coupable de m'en aller aussitôt après m'être inscrite. On a dit à Mlle Angrignon, comme on l'avait dit aux superviseurs des autres clubs, qu'on allait revenir la semaine prochaine. Mais on ne reviendra **pas**. On fait ça juste pour mousser notre dossier permanent.

C'est probablement comme quand une mère tortue de mer enterre ses œufs dans le sable. Elle leur dit qu'elle va revenir dans une minute. « Quoi? Ben non! Je ne vais pas m'en aller en laissant mes bébés se débrouiller tout seuls pour ramper jusqu'à l'océan et essayer d'apprendre à nager. Ça ne serait vraiment pas correct! »

J'avais très envie de tout avouer à Mlle Angrignon. Je voulais lui dire ce qu'on était en train de faire, mais Isabelle nous avait déjà enfoncées trop loin.

Trop loin.

Je dois dire, honnêtement, que je ne m'étais jamais sentie aussi tortueuse.

Moi, à mon stade le plus tortueux

JEUDI 19

Cher journal,

À l'heure du midi, Henri m'a regardée d'un air hésitant.
— Je n'ai pas pris de café, je ne sens pas, l'ai-je rassuré.
Il s'est assis en face de moi.
— Je ne savais pas que tu détestais ça à ce point-là.
Je pensais que **tout le monde** adorait l'odeur du café.
Il a haussé les épaules.
— Pas tout le monde. Je sais que les profs adorent ça.
Mais moi, je trouve que ça pue.
Isabelle et Angéline sont arrivées avec leurs plateaux et
sont venues s'asseoir avec nous. Henri a pointé le doigt
vers leur pain de viande.
— Tu as d'autres données scientifiques à nous
communiquer là-dessus? a-t-il demandé.
Ils ont tous ri.
Super! Me voilà devenue la grande spécialiste du pain
de viande!

— Mme Avon veut que j'écrive mon article là-dessus. Je n'aurais jamais dû en parler.

— Laisse-moi t'aider, Jasmine!

Avant même que je m'en rende compte, Isabelle, toujours prête à rendre service, faisait signe à la Brunet pour qu'elle s'approche de notre table.

— Hé! Pourquoi est-ce qu'ils nous servent ça, alors qu'ils savent bien qu'on n'aime pas ça? a-t-elle demandé très directement.

— Quelle sorte de question est-ce? a répliqué la Brunet.

— Une question qui mérite une réponse.

— C'est parce que... Heu... Parce que **c'est bon pour vous.**

Elle s'est mise à transpirer un peu. Je m'en suis rendu compte parce que ça sentait comme s'il y avait une foule de gens qui transpiraient.

— Pas si on le mange pas, a fait remarquer Isabelle.

— Mais c'est délicieux! a protesté la Brunet. Les jeunes adorent ça. C'est comme du gâteau.

Isabelle a parcouru la caf des yeux, et les yeux de la Brunet l'ont parcourue avec elle. Tout le monde avait l'air parfaitement **dégoûté.**

— Vraiment? a demandé Isabelle.

← Même un zombie

— C'est... Heu...

— Oui?

— Ne soyez pas si égoïstes! a lancé la Brunet avant de s'en aller.

— **La voilà, la réponse!** ai-je riposté.

— La réponse? Quelle réponse? a demandé Henri.

J'ai pris mon air le plus intelligent.

— Si quelqu'un refuse de te donner la raison de quelque chose, c'est que cette raison est encore pire que de refuser de te donner la vraie raison.

Angéline a hoché la tête en souriant. Elle ne l'admettra jamais dans cent ans, mais je suis sûre qu'elle a trouvé ça brillant.

— C'est brillant, Jasmine!

Eh ben! Elle était en avance d'environ **cent ans** sur le programme!

S'il te plaît, Angéline, fais-moi une faveur : sois méchante avec moi quand ça fait mon affaire à MOI, et non pas quand ça fait ton affaire à TOI!

Moi, je me comprends...

VENDREDI 20

Allo, mon nul!

Aujourd'hui, pendant le cours de sciences, on a parlé d'une chose qu'on appelle le **commensalisme**. C'est ce qui se passe dans une relation entre deux espèces, quand une des espèces bénéficie de l'autre sans lui nuire. Comme quand les vaches broutent et qu'elles font sortir des insectes que les oiseaux mangent. Ça aide les oiseaux, et les vaches n'en souffrent pas.

Il y a aussi le **mutualisme**, ce qui veut dire que les deux espèces bénéficient de leur relation. Par exemple, les poissons-clowns mangent les petites créatures qui nuisent aux anémones de mer, et en retour, les piquants des anémones de mer les protègent contre les prédateurs.

Et puis, il y a le **parasitisme**. C'est ce qui se passe quand une seule espèce bénéficie de la relation et que l'autre en souffre, comme quand une puce s'installe sur un chien. (Sac-à-puces a déjà eu des puces, mais elles ont toujours été trop gênées pour avouer aux autres puces où elles vivaient.)

Ce beagle-là? Nan... Jamais! J'habite sur le derrière d'une mouffette morte, près du dépotoir.

Mme Curie a décidé de me demander si je pouvais résumer la leçon parce qu'elle pensait que je n'écoutais pas.

Je tiens à dire publiquement que même si on fait un million de petits cubes transparents dans son cahier, ça ne veut pas nécessairement dire qu'on n'écoute pas.

La véritable signification des gribouillis dans les cahiers

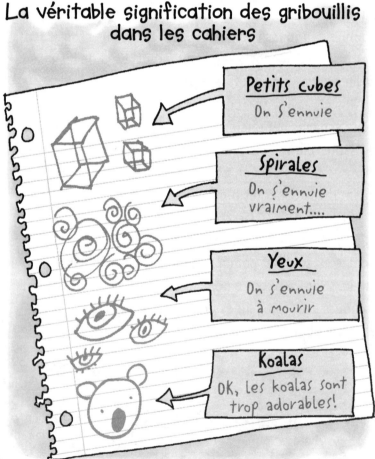

Petits cubes
On s'ennuie

Spirales
On s'ennuie vraiment....

Yeux
On s'ennuie à mourir

Koalas
OK, les koalas sont trop adorables!

J'ai dit que, de toute évidence, la nature trouvait toujours de nouvelles façons de **gâcher** les choses et que, à mon avis, c'est là le principal élément à retenir au sujet de toutes ces relations.

Elle a dit que le commensalisme et le mutualisme ne gâchaient la vie de personne. J'ai répondu que les insectes qui se font manger par les oiseaux ne seraient peut-être **pas de son avis.** Et que les anémones de mer privent d'autres animaux d'un délicieux souper de poisson-clown. Et que les poissons-clowns, eux, empêchent d'autres créatures de se servir sur les délicieuses anémones. (Je suppose qu'elles sont délicieuses parce qu'elles ressemblent vraiment à des bonbons en gelée.)

Le grand cercle de la nuisance mutuelle

J'ai aussi dit que toute la nature est faite de manière qu'on gâche tous la vie des autres. Tout le temps. Et même si un animal est parfaitement adapté, il y a toujours quelque chose pour lui gâcher son plaisir.

Comme tout le monde se taisait, j'ai continué :

— Quand vous regardez les arbres, les fleurs et les écureuils, dehors, vous vous dites peut-être qu'ils vivent en parfaite harmonie, mais ce n'est pas vrai. Ils sont engagés dans un combat qu'aucun d'entre eux ne semble capable de remporter. Ils veulent tous avoir ce dont ils ont envie et ils ne pensent pas vraiment à ce qu'ils doivent faire pour l'obtenir. (J'étais vraiment partie pour la gloire... Vous allez voir comme je suis **brillante!**) Les fleurs que vous trouvez si jolies, elles tirent de l'eau et des nutriments du sol, et elles se servent du soleil pour produire de l'énergie, mais si elles avaient des petites bouches et des petites griffes, elles nous **mangeraient!**

Tout en parlant, j'avais levé le bras et tourné la tête vers la fenêtre, et je me suis soudainement rendu compte qu'on aurait pu entendre voler une mouche dans la pièce.

Peut-être que les fleurs choisiraient Angéline en premier, par exemple.

Mme Curie me regardait avec des grands yeux. On avait l'impression qu'elle était en train d'assimiler ce que je venais de dire.

En fait, tout le monde me regardait avec des grands yeux. Yolanda semblait sur le point de se mettre à pleurer. (Dans la nature, il n'y a pas de place pour les gens délicats.)

C'est Isabelle qui a fini par briser le silence.

— **PILE DANS LE MILLE, FILLE!** a-t-elle dit d'une voix forte, sans mettre d'article devant « fille » parce que c'est plus cool.

— Le cours est fini, a annoncé doucement Mme Curie.

COMMENt paRleR cool

La façon normale	La façon cool
« Bonjour, comment ça va? »	« Kwa'd'9? »
« Je tiens à vous dire toute la vérité. »	« J'te jure! »
« Regarde, voilà Angéline! »	« Cette fille a volé notre télé. »
« Angéline a besoin d'aide. »	« Belle journée, hein? »
« Je dois aller faire quelque chose d'intelligent. »	« Plus tard. »

SAMEDI 21

Bonjour, toi!

Aujourd'hui, j'ai travaillé sur mon article pour Mme Avon, et j'ai même demandé à mon père de m'aider.

Je n'aime pas vraiment ça. Demander de l'aide, c'est un peu comme admettre que je n'arrive pas à faire quelque chose. Mais dernièrement j'ai réfléchi, et je me suis dit que pour planter un clou, je ne prends pas mon poing, j'appelle plutôt M. Marteau. Je trouve ça plus facile de demander de l'aide si je me représente mon père comme un **outil géant.**

Je lui ai parlé de mes questions sur le pain de viande et du texte que je devais écrire pour mon cours de français.

Hé, p'pa, tu veux m'aider à TRANCHER sur une question?

C'est une blague! Il n'y a que mon père qui est un outil!

— Hmmm. Je ne sais pas trop, Jasmine. Demande à ta mère. Comme tu le sais, elle **commet parfois des délits de pain de viande.** Peut-être qu'elle pourra te dire exactement comment ça se passe.

La réponse de mon père m'a rappelé que, de temps en temps, M. Marteau tord le clou que tu lui as demandé de t'aider à planter et il faut alors appeler Mme Pinces pour t'aider à le redresser.

Ma mère était dans la cuisine, en train d'essayer de faire manger des restes du repas d'hier soir à Sac-à-puces et à Pucette. (Bonne chance!)

Je lui ai raconté mon histoire et elle a pris son sac à main.

— Monte dans l'auto!

Ma mère, en train de partager généreusement des restes avec Sac-à-puces

Bon appétit!

Sploutch!
Ploutch!
Sploutch!

Deux minutes plus tard, on était au supermarché.

—Tiens, a dit ma mère en me donnant de l'argent. Choisis ce que tu veux manger pour le souper.

Je n'avais pas eu cette chance depuis le grand scandale de la soupe aux brisures de chocolat, il y a trois ans.

Après avoir regardé autour de moi, je suis retournée vers le chariot d'épicerie.

—Je n'ai pas assez d'argent. Je ne peux pas avoir ce que je veux avec ça.

Ma mère s'est mise à rire.

—**Bienvenue dans le vrai monde!**

Je savais que j'étais censée être en train d'apprendre quelque chose, alors j'ai ouvert mes yeux bien grands et j'ai hoché la tête en pointant le doigt vers ma mère avec un petit rire.

Je n'ai pas encore compris comment cette petite virée au supermarché était censée m'aider pour mon cours de français, mais au moins j'ai su comment y mettre fin.

Fin de la leçon

DIMANCHE 22

Cher journal,

Isabelle et moi, on a reçu toutes les deux des appels des gens du Club de photo et du Club de course à pied, qui nous ont demandé d'apporter quelque chose comme contribution aux ventes de pâtisseries qu'ils vont faire demain pour amasser de l'argent.

J'ai fait remarquer à Isabelle que, si on ne participait pas, on risquait de se faire poser des questions sur le sérieux de notre engagement, ce qui pourrait entraîner notre expulsion. Tôt ou tard, il y a des gens qui vont se poser des questions sur tous ces clubs auxquels on s'est inscrites, et la première chose qu'on va savoir, c'est que mon avenir sera détruit et qu'Isabelle sera encore obligée d'habiter avec ses méchants grands frères quand elle aura 75 ans.

C'est **cette dernière partie-là** qui a convaincu Isabelle. Elle m'a dit :

— Apporte de l'argent et une assiette de carton, ça suffira.

Isabelle sera tellement mignonne quand elle sera une vieille dame!

Sauf quand elle engueulera les papillons et qu'elle fera d'autres trucs bizarres de petite vieille dans ce genre-là...

LUNDI 23

Allô, mon nul!

J'ai donné mon argent à Isabelle ce matin, et elle a acheté toute une assiette de carrés au chocolat à la vente de pâtisseries du Club de photo. Elle en a mis la moitié sur mon assiette de carton, et on s'est rendues à l'autre bout du corridor, où le Club de course à pied tenait sa vente.

« C'est notre contribution », a dit Isabelle avec un **grand sourire menteur**.

Et puis, dès qu'on a eu tourné le coin, elle a sorti le sac de café et elle en a saupoudré les carrés au chocolat qu'on avait gardés.

— Allons-y, a dit Isabelle.

Je l'ai suivie sans comprendre pendant qu'elle allait frapper aux portes des classes en claironnant :

— Quelqu'un veut des carrés au chocolat au café? Des carrés mocha java! C'est pour amasser des fonds pour le Club de photo!

Il n'en fallait pas plus pour que les profs s'empressent de sortir leurs portefeuilles et qu'ils nous remettent avec plaisir quatre fois le montant qu'on avait payé pour nos carrés au chocolat.

Sourire → normal   (☺)   (☺) ← Sourire menteur

Ensuite, on est retournées avec notre argent à la vente de pâtisseries du Club de course à pied et on a acheté une assiette de biscuits. On les a rapportés à la vente du Club de photo.

— Notre contribution, a annoncé Isabelle avec un autre grand sourire menteur, et on est parties.

— C'est comme ça qu'on fait, m'a expliqué Isabelle en se tournant vers moi.

— Super! Mais ça m'a quand même coûté quelque chose.

— Mais non, a protesté Isabelle. Il nous reste de l'argent.

Et elle m'a remis ce qu'il nous restait. En fait, j'avais fait un dollar dans cette affaire!

Je sais ce qu'Isabelle va faire quand elle sera grande. C'est **clair comme de l'eau de roche.** J'avais toujours cru qu'elle serait le Diable en personne. Maintenant, je suis convaincue qu'elle sera le méchant patron dont M. Diable se plaint à Mme Diable tous les soirs en rentrant du travail.

En sortant de l'école, on est allées s'inscrire au Club de danse, et on a regardé les autres danser quelques minutes.

Je pense qu'on a presque eu envie d'y participer à ce club-là pour de vrai, mais leur façon de danser n'est pas compatible avec celle d'Isabelle puisqu'ils dansent tous bien, en suivant le rythme.

On s'est inscrites quand même, ce qui nous fait maintenant **huit** clubs parascolaires, plus celui qu'on a fondé, plus le soccer. Je vois déjà toutes les demandes qui vont affluer des collèges qui veulent que j'aille étudier chez eux.

MARDI 24

Cher full nul,

Mme Curie n'avait pas l'air dans son assiette aujourd'hui. Elle a failli s'endormir sur son bureau pendant le cours.

En sortant, je lui ai demandé si tout allait bien, et elle m'a dit qu'elle avait réfléchi à ce que j'avais dit sur le fait que la nature **gâchait la vie** des gens.

Elle a dit que tous ces animaux ne pensaient pas aux résultats de leurs actes.

— Peut-être que le poisson-clown n'a jamais pensé aux petites créatures qu'il mange... Peut-être qu'il ne s'est pas rendu compte que ses actes finiraient par les obliger à manger du pain de viande, a-t-elle ajouté à voix basse.

— Ouille! me suis-je exclamé.

Mme Curie ne devrait sûrement pas s'inquiéter autant pour les poissons-clowns.

— Il y a de très bonnes chances que vous ayez perdu la boule. Descendons au bureau pour voir s'il y aurait un de ces machins froids à vous mettre sur la tête, ai-je ajouté **gentiment** en faisant de mon mieux pour lui remonter le moral.

On s'est rendues au bureau ensemble. Tu te souviens sûrement, mon cher full nul, que ma tante Carole travaille là, ce qui est une bonne chose parce qu'elle est super-gentille et que c'est probablement très réconfortant pour les gens qui ont perdu la tête.

Je lui ai demandé, de ma meilleure voix d'infirmière :

— Tante Carole, pourrais-tu parler à Mme Curie, s'il te plaît? Elle ne se sent pas bien. Je pense même qu'elle a **perdu la boule**, mais je ne me sens pas pleinement qualifiée pour poser un diagnostic comme celui-là.

J'ai quitté le bureau toute contente. Je suis sûre que, si je le voulais, je pourrais être médecin plus tard, ou alors préposée aux gentils vieux ânes qui ont perdu la boule.

Mais il faut que j'y aille, j'ai un devoir de français à finir.

MERCREDI 25

Salut, toi!

Je me suis arrêtée au bureau ce matin pour demander à tante Carole des nouvelles de Mme Curie. Tante Carole m'a dit qu'elle allait bien, qu'elle avait simplement mal à la tête et qu'elle avait parlé à oncle Dan. Elle est partie un peu plus tôt que d'habitude hier et elle a pris une journée de congé aujourd'hui.

C'est aujourd'hui qu'on devait remettre nos articles de journal à Mme Avon.

Je n'ai jamais vraiment répondu à ma propre question. Tout ce que j'ai pu faire, c'est étoffer ça un peu. Peut-être que je suis nouille, après tout. En tout cas, voici ce que ça a donné :

UN PAIN DE VIANDE QUE PERSONNE N'AIME

POURQUOI EN SERVIR, ALORS?

Quand on pose cette question à l'école, on obtient des réponses ici et là, mais aucune ne semble être la bonne. Et les gens qui savent probablement pourquoi c'est ainsi refusent carrément de répondre. Il y a quelque chose qui sent mauvais là-dedans, et ce n'est pas seulement la cafétéria tous les jeudis.

Monsieur Pain de Viande, je me demandais si vous pourriez me parler de votre contrat.

Pas de commentaires.

Mme Avon a lu mon article à haute voix devant la classe. Tous les autres étaient d'accord, et ils m'ont demandé pourquoi je ne pensais pas pouvoir obtenir de réponse. Mme Avon m'a souri avec encore plus de gencives que d'habitude, **35 % de plus**, genre.

— Excellent travail, Jasmine!

— Mais je n'ai même pas répondu à la question!

Elle a montré la classe d'un grand geste du bras.

— Non, mais regarde tes lecteurs. Ils veulent en savoir plus. Ils pourraient même **exiger** d'en savoir plus. Tout ce qu'il faut, parfois, c'est de mettre en lumière une question, Jasmine. Tu n'as peut-être pas la réponse, mais je pense qu'il y aura beaucoup plus de gens qui s'y intéresseront si tu la trouves un jour.

107

JEUDI 26

Cher toi,

Isabelle et moi, on a été convoquées au bureau avant le dîner. En cours de route, j'ai commencé à paniquer un tout petit peu et je me suis mise à marmonner.

— On est faites! On est tellement faites! Les activités para... Les dossiers permanents... Le **café**!

Isabelle m'a regardée calmement, les lèvres serrées comme une paire de ciseaux bien fermée.

— **Pas de panique**, Jasmine. Tu vas tout faire foirer.

— Tu vas devoir habiter chez tes parents à vie, avec tes frères.

J'espérais l'encourager à participer à ma panique, mais elle s'est arrêtée et m'a prise par le collet.

— Je sortirais de ce bureau en faisant du kung-fu, je te prendrais en otage et je sauterais dans un train pour le Mexique plutôt que de passer ma vie chez mes parents, Jasmine.

Oh, Isabelle! Si je gagnais une pièce de cinq cents chaque fois que tu fais des menaces...

Jolie fille
enterrée sous
les pièces de
cinq cents

Quand on est arrivées au bureau, on a eu la surprise d'y trouver la Brunet, Mme Curie et Angéline, assises avec oncle Dan. Il avait l'air encore plus « directorien » que d'habitude, et il avait nos dossiers permanents sur son bureau.

Ouille...

— Alors, on dirait que vous avez été très occupées, toutes les deux.

— Tu veux dire, genre, occupées à faire le ménage de nos chambres, à faire nos devoirs, à faire les bonnes filles, à aider les pauvres et à faire nos devoirs?

Je bégayais nerveusement. Isabelle m'a mis la main sur un genou et elle a pressé tellement fort que ça a laissé un bleu.

— Comment ça, « **Vous avez été occupées** »? a-t-elle demandé sans se démonter.

— Jasmine, tu t'es inscrite à huit activités parascolaires en trois semaines! a fait remarquer oncle Dan. Et tu joues au soccer, en plus?

— C'est exact, a confirmé Isabelle en hochant la tête.

— Jasmine, a poursuivi mon oncle en me montrant une copie de l'article que j'avais écrit pour le cours de Mme Avon, parle-moi du pain de viande.

Isabelle a répondu avant que j'aie le temps de placer un mot.

— Le pain de viande qu'on sert ici est dégueu. Tout le monde le déteste.

Angéline a approuvé de la tête.

— Isabelle, si tu permets, j'aimerais entendre ce que Jasmine a à dire.

J'ai avalé ma salive, la gorge serrée.

— C'est exactement comme je l'ai écrit là-dedans. Il n'y a personne qui aime ça, et pourtant, l'école nous en sert tous les jeudis depuis toujours. Je suis peut-être nouille, mais ça n'a aucun sens, à mon avis.

Isabelle deviendra peut-être DOMPTEUSE DE LIONS?

— Comme tu me l'avais suggéré, j'ai fini par y goûter, à ce fameux pain de viande, a dit mon oncle. Tu n'es pas nouille, Jasmine, loin de là. C'est horrible, ce machin-là! Alors j'ai examiné la question.

— Madame Brunet, vous voulez bien tout nous expliquer?

Alors, la Brunet a tout déballé.

En fait, il n'y avait pas grand-chose à déballer.

Le **GRAND SECRET**, le voici : le pain de viande, ça ne coûte pas cher. C'est à peu près ça. Le pain de viande qu'on nous sert ne coûte pas cher.

Si ça avait été juste ça, j'aurais compris. Ma mère doit tout le temps acheter des trucs pas chers. C'est aussi ce que Mlle Angrignon a dit l'autre jour au Club des gourmets : il faut respecter le budget prévu pour nos repas et éviter de trop dépenser pour un article...

... sinon, on n'aura plus d'argent pour le reste.

Je me demande si c'est ça que ma mère m'enseignait au supermarché pendant que je n'apprenais pas.

— Et maintenant, Jasmine, tu veux bien nous parler du **café?**

J'ai sursauté en entendant mon oncle me poser cette question. Je ne m'y attendais vraiment pas!

Isabelle a bondi sur ses pieds.

— Vous avez déjà rencontré mes frères? Ça ne se passera pas comme ça. C'est par où le Mexique?

Angéline m'a souri, et je ne sais pas trop pourquoi, ça m'a calmée. **Angéline savait quelque chose...**

J'ai posé la main sur le bras d'Isabelle pour la ramener lentement sur sa chaise. Encore dix secondes, et l'écume lui sortait par les oreilles.

— Quel café? ai-je demandé.

— Le café du salon des profs, a précisé oncle Dan.

— Ben, c'est du très bon café, ai-je simplement répondu.

Isabelle se sentait d'humeur kidnappeuse.

— C'est du très, **très bon** café. De l'EXCELLENT café. Du genre qui coûte très cher, je pense, a approuvé mon oncle.

C'est alors que la Brunet a expliqué comment ils arrivaient à se le payer.

Ils économisaient de l'argent sur le pain de viande et, avec cet argent, ils achetaient cet excellent café pour le salon des profs.

La Brunet faisait ça depuis des années parce qu'elle se disait que les profs le méritaient bien, et c'était Mme Curie qui l'aidait à faire les achats. Mme Curie m'a expliqué tout ça, au bord des larmes.

— Jasmine, je voyais ça comme du commensalisme. Tu sais, comme quand les vaches font sortir des insectes du sol pour les oiseaux. Je me disais que ça ne faisait de tort à personne. Mais je me rends compte maintenant que je n'avais pas pensé aux insectes. C'est toi qui m'as fait comprendre ça.

— Alors, a demandé Isabelle à mon oncle, on jette ces deux vieilles en prison, **si je comprends bien?**

Elle avait déjà retrouvé ses esprits, après avoir essuyé un peu d'écume sur ses lèvres.

Elles ont eu de la chance qu'Isabelle n'ait pas ses menottes avec elle.

— Un instant! a coupé oncle Dan. Il y a **aussi** la question de votre inscription à tous ces clubs.

Angéline est intervenue aussitôt.

— Elles essayaient de découvrir ce qui se passait avec le café. Comme tout le monde le sait, c'est à moi que les clubs parascolaires envoient toute l'information sur les inscriptions, et je les transmets ensuite à notre directeur adjoint.

OH LÀ LÀ! C'EST COMME ÇA QU'ANGÉLINE SAVAIT À QUELS CLUBS ON S'INSCRIVAIT!

— Et ça me paraît assez évident que Jasmine et Isabelle essayaient de découvrir le pot aux roses depuis un bout de temps.

Le directeur adjoint, alias oncle Dan, l'a regardée d'un air peu convaincu.

— Jasmine s'est inscrite aux échecs pour établir une stratégie, a poursuivi Angéline. Ensuite, pour se familiariser avec les appareils photo au cas où elles devraient prendre des photos comme preuve, Isabelle et elles se sont inscrites au Club de photo. Avec le Club d'agriculture, elles ont appris des choses sur le bœuf et le café, et le Club d'organisation devait les aider à garder tout ça en ordre.

— Hmmm... Et le Club de course à pied, alors? Et le Club de jeux vidéo? a demandé oncle Dan en feuilletant nos dossiers. Il n'avait vraiment **pas l'air convaincu.**

Isabelle a décidé de mettre son grain de sel.

— Le Club de course à pied, c'était pour avoir une excuse si jamais on était en retard le jour où on est allées chercher un échantillon du café. Et le Club de jeux vidéo, c'était pour avoir des abrutis à utiliser comme boucliers humains si les choses tournaient mal.

— Mais non, ça, ce n'est pas vrai. (Je ne pouvais pas laisser passer cette partie-là.) On n'avait pas l'intention de prendre des boucliers humains.

Oncle Dan nous a regardées une bonne minute.

— Et le Club de danse? Et le Club des gourmets?

— Le Club des gourmets? Ouais, c'est la meilleure partie, a dit Angéline. Jasmine et Isabelle espéraient qu'on pourrait tous manger ensemble à midi.

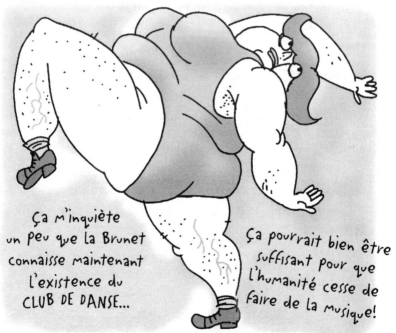

Ça m'inquiète un peu que la Brunet connaisse maintenant l'existence du CLUB DE DANSE...

Ça pourrait bien être suffisant pour que l'humanité cesse de faire de la musique!

C'est comme ça qu'on a eu droit à une scène qu'on ne voit pas tous les jours : la Brunet, oncle Dan, Mme Curie et Mlle Angrignon se sont attablés devant une assiette de pain de viande avec Angéline, Isabelle, Henri et moi.

On a parlé du prix des choses, et Mlle Angrignon a posé beaucoup de questions sur le service de traiteur qui fournit le pain de viande. Après avoir examiné certains des bons de commande que la Brunet avait apportés, elle a démontré comment, avec un peu d'imagination et de créativité, on pourrait en arriver à des solutions que tout le monde aimerait mieux et qui ne coûteraient pas plus cher que le pain de viande.

Exactement! Et tu sais qui a fait tous les calculs mathématiques pour en arriver là? MOI.

Alors j'ai annoncé :

— Il reste encore assez d'argent pour que les profs aient leur café de luxe. Et je pense qu'on devrait le leur laisser. Ce n'est pas grand-chose, et ils adorent ça, c'est clair! Ils ne faisaient rien de mal, en fait. C'est juste qu'ils n'avaient pas pensé aux conséquences.

— En tant que secrétaire du Comité de sensibilisation des élèves, j'appuie cette motion, a dit Angéline.

Cela m'a rappelé à quel point je déteste les gens qui parlent comme ça.

— Qu'est-ce que c'est, le Comité de sensibilisation des élèves? a demandé oncle Dan.

— C'est l'activité parascolaire que Jasmine et moi, on a mise sur pied, a répondu Isabelle. C'est ce comité-là qui a démasqué le racket du café.

— Est-ce qu'il y a un prof qui le supervise? a demandé mon oncle.

— Certainement! a dit Mme Curie.

Je n'en revenais pas qu'elle se porte volontaire, après nos petites difficultés. Ça me permet d'espérer qu'un jour, peut-être, une anémone mettra gentiment ses piquants en veille et laissera une pauvre créature affamée manger le poisson-clown, pour une fois.

— C'est Jasmine qui est présidente, a ajouté Angéline. Tous les papiers sont sur ton bureau.

Alors, juste comme ça, tout s'est arrangé entre Mme Curie et moi. En plus, Isabelle et moi, on a maintenant cette mention géniale dans nos dossiers permanents, et plus personne ne me prend pour une **nouille**.

Et figure-toi que, pour la première fois de ma vie, j'ai fini mon pain de viande sans me plaindre. C'est la dernière fois que l'école en servait. Honnêtement je l'ai trouvé **presque bon**.

VENDREDI 27

Cher journal,

C'est aujourd'hui qu'on a fait notre visite au musée des sciences. Je ne sais pas pourquoi, mais en regardant la route défiler par la fenêtre de l'autobus, je me suis mise à penser.

Je pense que je vais vraiment aller aux rencontres du Club des gourmets, et peut-être même à celles du Club de course à pied. (J'ai besoin d'exercice, c'est clair!) Isabelle a dit qu'elle irait au Club de jeux vidéo. Elle veut s'exercer en secret et elle espère devenir assez bonne pour battre ses grands frères en leur faisant croire que c'est la première fois qu'elle joue. Elle a forcé Angéline à y aller aussi pour ne pas être la seule fille.

Pendant que l'autobus poursuivait sa route cahin-caha, j'ai réfléchi à mon avenir... à mon avenir **parfait**. Et aussi à l'avenir de tous les autres.

future moi
(Oui, oui!
J'ai inventé
le divan robotisé
volant!)

Angéline pourra faire ce qu'elle voudra, bien sûr, parce qu'elle est vraiment horriblement belle. Elle est intelligente, elle pense aux autres et elle est toujours là quand on a besoin d'elle, même si on ne voudrait surtout pas lui devoir quoi que ce soit. Je lui ai pardonné de m'avoir menti au sujet d'Henri et du café. Elle était juste fâchée que je l'aie laissée de côté. Elle sera probablement première ministre un jour, et je vais voter pour elle. Bien sûr, je vais lui dire que j'ai voté pour son adversaire. De toute manière, elle va probablement voter pour lui, elle aussi, parce qu'elle aura pitié de lui.

Yolanda, elle, elle fera sûrement quelque chose de délicat. Elle pourrait par exemple être chirurgienne spécialisée dans les opérations au cerveau, ou encore tricoteuse de chandails pour les moustiques qui doivent vivre dans des pays froids.

Sans oublier les mini-chaussettes

Henri n'aura pas besoin de travailler. Je vais faire assez d'argent pour qu'il puisse rester à la maison et s'occuper de nos enfants parfaits, Michel-Ange, Géranium et Caramel. Quoique... Je ne suis pas sûre, pour **tous** les noms. Il n'y aura peut-être pas de Michel-Ange.

119

Ensuite, j'ai jeté un coup d'œil vers Isabelle, ma meilleure amie. Même si elle a déclaré l'autre jour que c'était évident, je n'ai toujours AUCUNE idée de ce qu'elle va devenir plus tard.

Il lui restait assez du café spécial des profs pour s'en faire une tasse, et elle l'avait apporté dans un thermos. En l'ouvrant, elle l'a tout répandu sur Henri.

L'odeur, ajoutée aux cahots de l'autobus, a fait vomir le pauvre Henri. Mais comme je l'ai déjà dit, c'est un autobus scolaire, alors tout le monde s'en fiche. On fait ce qu'on veut.

J'ai regardé Isabelle nettoyer le vomi sans hésiter, avec quelques feuilles arrachées d'un cahier. À la voir prendre ça en riant, j'ai tout compris.

Isabelle est astucieuse, elle pense vite et elle peut être dangereuse quand il le faut. Elle peut me mettre dans le pétrin en une seconde, mais elle est toujours là pour moi, même si c'est juste pour me crier après. Elle est très difficile à berner, et je ne peux pas m'empêcher de l'aimer, même quand je la déteste.

Absolument pas dégoûtée par les trucs dégoûtants

— Isabelle, ai-je dit à voix basse, je sais ce que tu vas faire plus tard.

Isabelle a souri en agitant les feuilles de cahier gorgées de liquide verdâtre, et je me suis écartée en vitesse.

— Bien sûr que tu le sais, Jasmine. Tu es tellement brillante!

— Tu vas être **prof**, je suis sûre de mon coup.

— Une prof parfaite, en plus, a ajouté mon amie.

— Presque aussi parfaite que moi, en tout cas.

Eh, oui, je suis brillante, c'est comme ça!

Merci de m'avoir écoutée, cher journal.

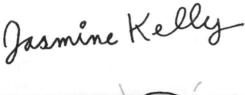

Quel sera ton avenir?

Bon, tu sais déjà que ta vie va être parfaitement parfaite. Mais tu en sauras un peu plus long sur ce que l'avenir te réserve après avoir répondu aux questions suivantes!

1.) Si tu as oublié d'étudier pour un test, qu'est-ce que tu fais?
   a. Tu signales au prof que les tests ne permettent pas de mesurer vraiment tout ce qu'on sait.
   b. Tu fais semblant d'être terriblement malade et tu vas voir l'infirmière.
   c. Tu libères un sac plein de chauves-souris dans la classe (à préparer d'avance).

2.) Laquelle de ces matières préfères-tu?
   a. Les arts
   b. Les maths
   c. Le lunch

3.) Qu'est-ce que tu fais d'habitude, le dimanche après-midi?
   a. Mes devoirs, que je remets toujours à la dernière minute.
   b. Ce que je veux! J'ai fini mes devoirs le vendredi soir.
   c. J'attends que mon père s'endorme sur le divan devant son football, pour pouvoir changer de poste et regarder un magnifique film de danse.

4.) Auquel de ces animaux ressembles-tu le plus?
   a. Un mignon koala aux grands yeux
   b. Un cheval pur-sang
   c. Un dauphin amical, qui est aussi à moitié koala du côté de sa mère

5.) À combien d'activités parascolaires participes-tu?
   a. 1 à 2
   b. 5 et plus
   c. 3 à 4

6.) Si ton beagle qui pue (ou tout autre animal de compagnie du genre canin) a l'écume à la bouche, qu'est-ce que tu fais?

   a. Mon beagle qui pue a toujours l'écume à la bouche. C'est comme ça qu'il communique. Qu'est-ce qu'il y a de différent cette fois-ci?

   b. J'appelle le vétérinaire tout de suite. (Ce n'est pas la rage. La rage choisirait un plus beau chien.)

   c. Je vérifie qu'il n'a pas avalé tout un tube de dentifrice (ce qui est probable).

7.) Laquelle de ces couleurs préfères-tu?
   a. La couleur des brillants
   b. Un beau bleu calmant
   c. Le violet

Si tu as répondu.....

Surtout des a : Tu auras un avenir artistique! Ou peut-être pas. Mais quoi que tu fasses, tu vas le faire avec créativité, originalité et un sourire satisfait.

Surtout des b : Tu es ordonnée et tu aimes que les choses le soient aussi, et tu as un sens de l'organisation qui te mènera loin. Sauf pour le désastre que appelles ta chambre à coucher. Tu n'étais pas censée faire le ménage? Oh, et pour ton avenir : ça va être le top!

Surtout des c : Tu réussiras probablement tout ce que tu voudras faire. Et peut-être même des choses que tu ne voudras pas faire.

HÉ! FAIS CE QUE TU VEUX POUR LE RESTE, MAIS NE CHERCHE SURTOUT PAS À LIRE LE PROCHAIN JOURNAL **TOP SECRET** DE JASMINE KELLY...

MON JOURNAL FULL NUL, UNE NOUVELLE ANNÉE, N° 4

CE QUE J'IGNORE PEUT ME FAIRE DU TORT

Tourne la page pour un petit aperçu supersecret...

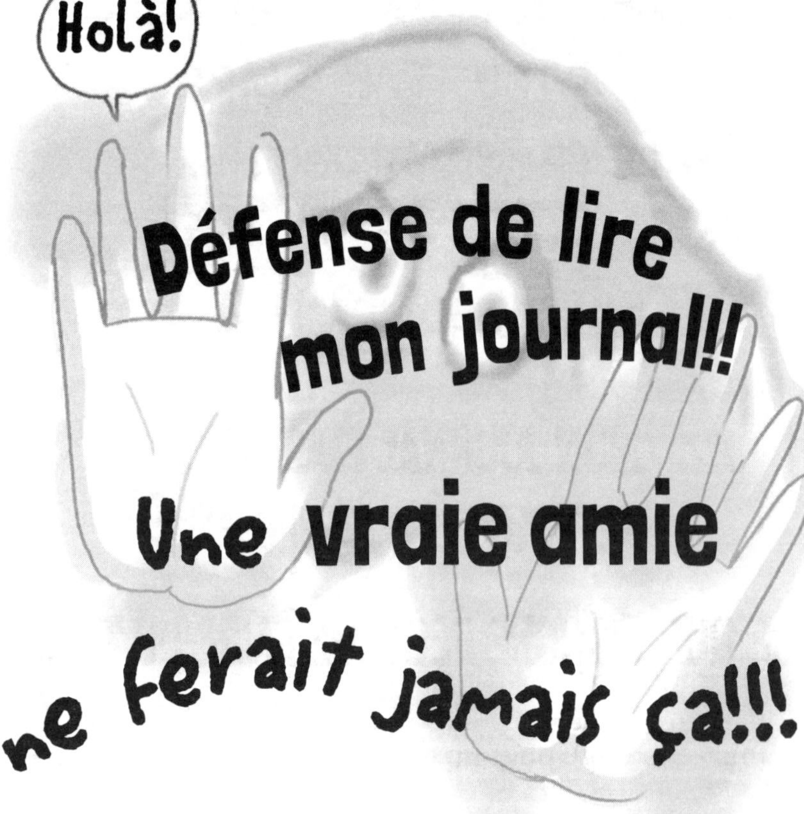

TU PENSAIS VRAIMENT QUE
ÇA SERAIT AUSSI FACILE?

MON JOURNAL FULL NUL

TU NE PEUX PAS TE PASSER DE JASMINE KELLY?
LIS LES AUTRES ÉPISODES DE SON JOURNAL FULL NUL!

UNE NOUVELLE ANNÉE :

N° 1 : L'école... c'est bien trooop looong!

N° 2 : Les super-parfaits sont super-pénibles

À propos de Jim Benton

Jim Benton n'est pas un élève du secondaire, mais il ne faut pas lui en vouloir. Après tout, il réussit à gagner sa vie grâce à ses histoires drôles.

Il a créé de nombreuses séries sous licence, certaines pour les jeunes enfants, d'autres pour les enfants plus vieux, et d'autres encore pour les adultes qui, bien franchement, se comportent probablement comme des enfants.

Jim Benton a aussi créé une série télévisée pour enfants, dessiné des vêtements et écrit des livres.

Il vit au Michigan avec sa femme et ses enfants merveilleux. Il n'a pas de chien, et surtout pas de beagle rancunier. C'est sa première collection pour Scholastic.

Jasmine Kelly ne se doute absolument pas que Jim Benton, toi ou quelqu'un d'autre lisez son journal. Alors, s'il vous plaît, il ne faut pas le lui dire!